KB123663

로크미디어가
유혹하는
재미있는 세상

ROK
MEDIA
로크미디어

Taming
Master
테이밍 마스터

테이밍 마스터 27

2018년 5월 16일 초판 1쇄 인쇄
2018년 5월 21일 초판 1쇄 발행

지은이 박태석
발행인 이종주

기획 팀 이기헌 왕소현 박경무 이승제
책임 편집 최이슬

발행처 (주)로크미디어
출판등록 2003년 3월 24일
주소 서울시 마포구 성암로 330 DMC첨단산업센터 3층 314호
Tel (02)3273-5135 **Fax** (02)3273-5134
홈페이지 rokmedia.com **E-mail** rokmedia@empas.com

ⓒ 박태석, 2016

값 8,000원

ISBN 979-11-294-7035-5 (27권)
ISBN 979-11-5960-986-2 04810 (세트)

27

Taming Master

|박태석 게임 판타지 장편소설 |

테이밍마스터

ROK
MEDIA
로크미디어

CONTENTS

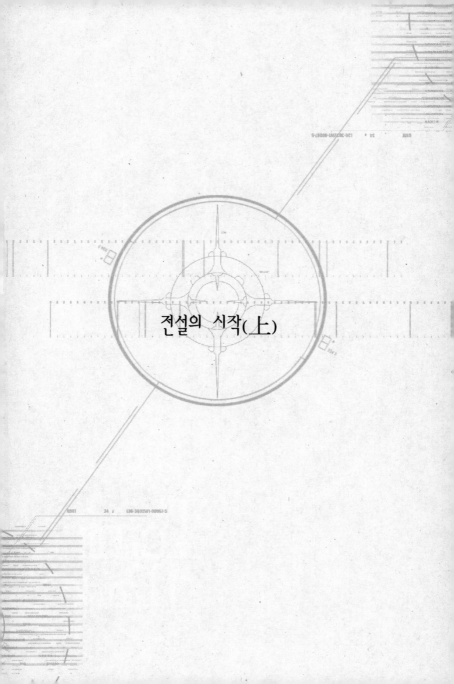

전설의 시작(上)

Taming
Master

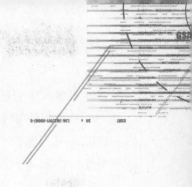

　이안은 원래 유명했었다.

　특히 한국에서만큼은, 카일란을 플레이하지 않는 사람조차도 이안이라는 이름을 대부분 한 번쯤은 들어 봤을 정도였으니 말이다.

　하지만 해외에서는 '아는 사람들만 아는' 이름이었다.

　중간계가 열리기 전까지 카일란에는 다른 서버와 연계할 수 있는 콘텐츠 자체가 없었으니, 다른 서버의 랭커가 얼마나 뛰어나건 대부분의 라이트 유저들에게는 관심 밖의 일일 수밖에 없는 것이다.

　하지만 이제는 달라졌다.

　세계 유저들이 함께 경쟁할 수 있는 중간계라는 통합 서버

개념의 콘텐츠가 만들어졌고, 그것이 마치 E스포츠처럼 세계 카일란 유저들의 '즐길 거리'가 되었으니 말이다.

그리고 이 시발점이라고 할 수 있는 '신의 말판' 전장의 전투에서 이안은 그야말로 '슈퍼 플레이'를 전 세계 유저들에게 선물하였다.

그 파급력이 얼마나 컸는지는, 각종 외신들이 쏟아낸 헤드라인들만 봐도 알 수 있었다.

-한국 서버의 랭커 이안, 세계 무대를 평정하다!

-신의 말판, 그곳은 사실상 이안의 말판이었다.

-각국 랭커들의 자존심 대결. 그 첫 번째 승자는 한국 서버의 랭커 이안!

-한 병사의 진격을, 그 누구도 막을 수 없었다.

미국에서 가장 큰 항공사인 아메리칸 에어.

호화스럽기 그지없는 기내의 퍼스트 클래스에서 태블릿으로 기사를 읽던 한 남자가 짧은 감탄사를 터뜨리며 중얼거렸다.

"크으! 헤드라인 한번 요란하네. 하긴, 졸병으로 시작해서 대장군 목까지 따 버렸으니, 사람들이 열광하지 않는 게 더 이상한 수준이지."

까만 머리에 새하얀 피부.

이국적이고 귀티 나는 외모의 남자는 태블릿을 탁자에 올려놓고 의자 옆의 버튼을 꾹 눌렀다.

그러자 아래로 밀려 내려간 의자는 어느새 침대가 되어 남자의 몸을 편안하게 뉘여 주었다.

"이안이라……. 어서 그를 만나고 싶은데."

마치 산타할아버지에게 받은 선물 상자를 여는 다섯 살 배기 어린아이처럼, 초롱초롱 눈을 반짝이는 남자.

불이 꺼진 태블릿에는, 남자의 이름인 듯 보이는 올리버 Oliver라는 단어가 선명하게 떠올라 있었다.

세계 랭커들이 본격적으로 격돌한 첫 번째 콘텐츠인 신의 말판 전장.

이안은 이곳에서의 활약으로 인해 세계적인 스타로 급부상하였지만, 정작 본인은 그러한 사실이 안중에도 없는 듯했다.

전장 최후의 전투가 끝난 지 벌써 꼬박 사흘이 다 되어 가지만, 이안은 집 바깥으로 한 발도 나오지 않았으니 말이다.

집 바깥은커녕, 캡슐에서조차 거의 나오지 않는 이안.

다만 이안의 관심사는 용사의 마을 공적치를 조금이라도 더 쌓는 것뿐이었다.

"으, 이제 드디어 진급인가."

정보 창에 떠올라 있는 공적치를 확인한 이안은, 두 주먹을 불끈 쥐며 중얼거렸다.

신의 말판 전장을 캐리하고 이안이 받은 공적치는, 무려 2천을 육박하는 수준.

마지막 요일 전장에서는 그만큼 많은 공적치를 얻을 수 없었지만, 그래도 도합 3천이 넘는 경험치를 쌓는 데 성공했다.

전투병을 넘어 '정예병'의 계급에 드디어 도달하게 된 것이다.

정예병이 되었으니 이제부터는 다른 랭커들과 마찬가지로 메인 퀘스트에 합류할 수 있게 된 것.

띠링-!

-조건을 충족하셨습니다.

-'정예병' 계급으로 진급하셨습니다.

-이제부터 장비 상점에서 '정예병'등급의 아이템을 구입하실 수 있습니다.

-이제부터 '군단장'이 지휘하는 '차원의 거인 레이드'에 참여하실 수 있습니다.

……후략……

아직까지 정예병에 도달한 랭커가 열 명도 채 되지 않는다는 것을 감안했을 때, 메인 퀘스트를 하지 못한 이안이 벌써 정예병이 되었다는 것은 정말이지 엄청난 속도라고 할 수 있었다.

하지만 이 어마어마한 성과에도 불구하고, 이안은 전혀 만족할 수 없었다.

아직도 그의 공적치는 훈이에 비해 많이 뒤쳐져 있었으니 말이다.

무려 중간계의 모든 인간 유저들 중 가장 많은 공적치를 보유하고 있는 훈이!

'다른 유저는 몰라도 훈이보다는 앞서가야 체면이 서는 데…….'

충복(?)보다 주군이 뒤처진다는 것은 자존심상 용납할 수 없는 법.

아직 훈이의 공적치에 못 미친다는 사실에 이안은 더욱 의욕을 불태우기 시작했다.

사실 훈이가 아직까지 공적치 선두를 달릴 수 있었던 것은, 이안의 덕이라고 할 수 있었다.

최후의 전투에서 이안이 훈이와의 퓨전 클래스를 이용한 덕에, 전투 기여도가 엄청나게 높게 책정되었으니 말이다.

이안 덕에 무려 1,340이라는 어마어마한 공적치를 획득한 훈이.

최후의 전투에서만 총 1,950의 공적치를 획득한 이안 다음으로 많은 공적치를 획득한 데다 계속해서 메인 퀘스트를 클리어했으니 훈이의 공적치가 압도적인 것은 어쩌면 당연한 수순이었다.

"자, 그럼 나도 이제 메인 퀘스트에 발을 한번 담가 볼까?"

기분 좋게 웃음 지은 이안은, 곧바로 용사의 마을 광장으로 걸음을 옮겼다.

조금 더 정확히 얘기하자면, 이안의 목적지는 레이드 포털이었다.

용사의 마을 여섯 번째 메인 퀘스트인, '차원의 거인 레이드' 퀘스트에 참여하려는 것이다.

'다른 랭커들이 20분쯤 전에 들어갔을 테니, 최대한 서둘러 움직여야겠어.'

차원의 거인 레이드 포털은 용사의 마을 광장의 북쪽에서 매일 정오에 오픈된다.

하지만 어제까지만 해도 '정예병' 계급을 단 유저가 한 명도 존재하지 않았으니, 오늘 정오에 열린 포털이 처음 열린 포털이라고 할 수 있었다.

포털 앞을 지키던 NPC '프라임'이 이안을 알아보고는 반갑게 인사하였다.

"오오, 이안, 그대도 드디어 정예병으로 진급하였군."

"예, 방금 진급했습니다."

"축하하네. 자네 정도 실력자는 진즉에 진급되었어야 했는데, 그렇지 않아도 의아했었다네."

프라임의 말을 들은 이안은 순간 욱 하는 것을 느꼈다.

그가 이안을 훈련소에 넣어 주기만 했다면, 지금쯤 선두를 달리고 있는 것은 훈이가 아닌 바로 자신이었을 테니 말이다.

하지만 이안의 부글거리는 속을 알 리 없는 프라임은 호의적인 목소리로 말을 이었다.

"자네가 이곳에 온 이유는 역시, 레이드에 참여하기 위함이겠지?"

NPC와 실랑이해 봐야 손해 보는 것은 유저일 뿐.

잠깐 치밀어 오른 분노를 삭인 이안이 고개를 끄덕이며 대답하였다.

"그렇습니다. 조금 늦었지만, 지금이라도 원정대에 합류하고 싶습니다."

이안의 말에, 프라임이 고개를 끄덕이며 대답하였다.

"뭐, 정예병이라면 제 앞가림 정도는 알아서 할 테니……. 좋아. 게이트를 열어 주도록 하지."

말을 마친 프라임은, 천천히 손을 뻗어 포털을 향해 손바닥을 펼쳤다.

그러자 푸른 기운이 포털에 휘감기기 시작하더니, 닫혀 있던 게이트가 스르륵 하고 열렸다.

그 앞에 다가선 이안은 걸음을 내딛기 전 프라임을 향해 마지막 인사를 건네었다.

"고맙습니다, 프라임. 차원의 거인인지 뭔지, 목 따서 돌아올게요."

"후후, 그 전에 자네 목이나 안 달아나게 잘 지키시게. 어차피 오늘은 거인 그림자도 만나기 힘들 테니 말이야."

"……."

프라임의 의미심장한 말을 들은 이안은 곰곰이 머리를 굴려 보았다.

'거인 그림자도 볼 수 없다는 게 과연 어떤 의미인 걸까?'

그리고 이안이 이런저런 생각을 떠올리는 사이, 그의 그림자는 어느새 포털 안으로 빨려 들어가고 있었다.

띠링-!

-'차원의 요새'에 입장하셨습니다.

-조건을 충족하였습니다.

-'차원의 거인 레이드' 퀘스트가 자동으로 시작됩니다.

익숙한 기계음과 함께 이안의 눈앞에 주르륵 하고 시스템 메시지들이 떠오른다.

그리고 그 메시지들이 지나간 뒤, 처음 보는 종류의 퀘스트 창이 이안의 눈앞에 번쩍 나타났다.

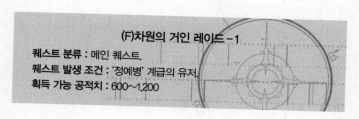

(F)차원의 거인 레이드-1.

퀘스트 분류 : 메인 퀘스트.
퀘스트 발생 조건 : '정예병' 계급의 유저.
획득 가능 공적치 : 600~1,200

용사의 마을 북쪽 끝에는 흉포하기 그지없는 '차원의 거인'이 잠들어 있다.
그리고 마을 북쪽에 지어져 있는 차원의 요새는 이 거인의 난동을 막기 위한 것이다.
하지만 오랜 세월이 지나, 견고했던 요새는 무척이나 노후되었다.
거인이 잠들어 있는 동안 관리에 소홀했던 나머지, 곳곳이 낡고 부식되어 버린 것이다.
그런데 며칠 전부터 차원의 숲 안쪽에서 하나둘 몬스터들이 나타나기 시작했다.
이것은 분명, 거인이 깨어나기 시작했다는 의미.
거인이 깨어나기 전에 요새를 전부 수리해야 거인의 공격으로부터 용사의 마을을 지킬 수 있다.
그리고 요새를 수리하기 위해선 차원의 숲 곳곳에 있는 '차원의 마력석'을 채굴해 와야 한다.
요새에서 숲을 향해 보내는 '파견대'에 지원하여 충분한 양의 마력석을 채굴해 오자.
많은 양의 마력석을 채굴할수록, 요새의 방어력은 더욱 견고해질 것이다.
퀘스트 성공 조건 : 생존, 여섯 개 이상의 마력석 채굴.
퀘스트 보상 : 마력석 한 개당 공적치 100포인트.
*임무 과정에서 도태될 시, 획득 공적치가 100퍼센트 삭감됩니다.
*임무 진행 도중 사망 시 퀘스트에 실패하게 됩니다.
*퀘스트 실패 시 일주일 뒤에 다시 도전이 가능합니다.

퀘스트 내용을 단숨에 읽어 내려간 이안은, 순간 의아한 표정이 될 수밖에 없었다.

'레이드라더니, 뜬금없이 웬 요새 건설 퀘스트가 뜨는 거야?'

'레이드'라는 수식어를 가진 퀘스트의 내용이 뭔가 그 단어의 뜻과는 거리가 멀어 보였기 때문이었다.

하지만 퀘스트 창을 세심히 살펴보자, 몇 가지 사실을 추측해 낼 수 있었다.

'일단 퀘스트 이름 뒤에 −1이라는 문구가 붙어 있는 걸 보니, 며칠 동안 연계되는 퀘스트인 것 같고……. 실패 시 일주일 뒤에 재도전 가능한 걸 보니, 연계 퀘스트 리셋 주기가 일주일인가 보네.'

당장 도움이 될 만한 정보인지는 알 수 없었지만, 자질구레한 정보들까지 머릿속에 꼼꼼히 기억해 두는 이안이었다.

대충 상황을 파악한 이안은, 요새 안쪽에 있는 막사를 향해 서둘러 걸음을 옮겼다.

'차원의 마력석'이라는 것이 요새의 바깥쪽에 있는 것은 분명했으나, 최소한의 정보는 수집하고 나가는 것이 순서이기 때문이었다.

먼저 퀘스트를 진행하고 있을 훈이에게 정보를 얻고 싶었지만, 아쉽게도 퀘스트 중에는 개인 메시지가 차단되는 듯했다.

'하다못해 마력석인지 뭔지, 채굴할 곡괭이라도 얻어 가야 될 거 아냐.'

복잡한 구조를 가진 요새를 빙그르 돌아 아래층으로 내려온 이안은, 사령관 깃발이 꽂혀 있는 막사를 향해 움직였다.

하지만 이안이 막사에 들어서기 전.

막사를 지키는 경비병들이 엄중한 표정으로 이안을 제지

하였다.

"이곳은 사령관님의 막사이다. 정예병이 함부로 드나들 수 없는 곳이야."

생각지 못했던 상황이기는 했으나, 이안은 전혀 당황하지 않았다.

어차피 이안에게 필요했던 것은 사령관과 만나는 것이 아니라 마력석을 채굴할 수 있는 '방법'이었으니 말이다.

이안은 앞을 막아선 경비병을 향해 곧바로 궁금한 부분을 물어보았다.

"전 용사의 마을에서 지원 나온 병력입니다. 차원의 마력석을 채굴하고 싶은데, 정보를 얻을 수 있겠습니까?"

그리고 이안의 공손한 물음에, 경비병은 한층 누그러진 얼굴로 대답하였다.

"아하, 마을에서 지원 나온 친구였군. 마력석 채굴은 해 본 적이 없나 보지?"

"그렇습니다."

"그렇다면 여기가 아니라 저쪽 붉은 깃발이 꽂혀 있는 막사로 가 보시게."

이안의 시선은 자동으로 경비병이 가리킨 곳을 향했고, 그의 말이 다시 이어졌다.

"마침 대장장이 '티버'가 지원을 나와 있으니, 그에게 물으면 친절히 설명해 줄 걸세."

대장장이 '티버'라는 말에 이안은 반색하였다.

한동안 대장간에서 살다시피 했던 이안에게 티버라는 이름은 무척이나 익숙했기 때문이었다.

'오, 마을의 NPC도 레이드에 지원 나올 수 있는 거구나.'

용사의 마을에 존재하는 NPC들 중 이안과의 친밀도가 가장 높은 티버.

기대감이 잔뜩 어린 표정을 한 이안은 서둘러 막사 안에 들어섰다.

티버에게 최대한 많은 정보를 뜯어내야 20분가량 늦게 들어온 것을 만회할 수 있을 테니 말이다.

스르륵.

막사의 휘장을 걷고 안쪽으로 들어간 이안은 티버를 찾기 위해 곧바로 주변을 두리번거렸다.

그리고 곧, 티버와 이안의 눈이 마주쳤다.

"오, 이안, 드디어 정예병이 됐나 보군!"

"그렇습니다, 티버. 여기서 뵙게 될 줄은 몰랐네요. 역시 티버의 손재주는 어디든 필요하군요!"

이안의 능숙한 아부에, 티버는 껄껄 하고 웃으며 말을 이었다.

"하하, 별말씀을. 전장에는 항상 대장장이가 필요한 법이지."

물론 이안과 티버의 친밀도는 이미 더 오를 수 없는 수준까지 올라 있었다.

하지만 그렇다고 해서 친밀도 관리를 소홀히 할 수는 없는 법.

특히 티버와 같이 생산 관련 클래스를 가진 NPC와의 친밀도는 더더욱 중요할 수밖에 없었다.

'어쩌면 티버가 이 막사 안에 있는 간이 대장간을 사용할 수 있게 해 줄지도 모르지.'

눈을 빛내며 대장간을 살피는 이안을 향해 티버의 말이 다시 이어졌다.

"그래, 자네는 마력석 채굴을 지원하기 위해 이곳에 온 거겠지?"

이안은 고개를 끄덕이며, 곧바로 대답하였다.

"물론입니다. 마력석 채굴에 나서기 전에, 티버 님께 기술을 좀 전수받고 싶어서 말이지요."

"후후, 기술이라……. 확실히 마력석 채굴이 쉬운 작업은 아니지."

고개를 끄덕인 티버는 막사 구석에 가지런히 놓여 있던 곡괭이 하나를 집어 들었다.

그리고 그것을 이리저리 살피면서 다시 말을 잇기 시작했다.

"자네, 혹시 광물 채굴 작업을 해 본 적이 있는가?"

티버의 물음에, 이안은 순간 아련한(?) 표정이 되었다.

과거 마계의 광산에서 그의 소울 메이트인 대장장이 한과 함께, 무한의 노가다를 했던 추억이 떠올랐기 때문이었다.

"물론입니다. 한때 광산에서 살았던 적도 있었죠."

"오오!"

이안의 대답에, 티버는 무척이나 기대감 어린 표정을 지어 보였다.

대장간에서 이안의 집념과 끈기를 확인한 그였기 때문에, 광산에서 살았다는 이안의 말이 허풍처럼 들리지 않은 것이다.

티버는 이안에게 곡괭이를 내밀며 천천히 입을 열었다.

"일단 이거 먼저 받으시게. 기본적인 채굴 방식은 크게 다르지 않지만, 몇 가지 설명해 줄 게 있으니 말일세."

그리고 그것을 받아들자, 이안의 눈앞에 한 줄 시스템 메시지가 떠올랐다.

-'티버의 견고한 곡괭이' 아이템을 획득하셨습니다.

뭔가 신비로운 분위기의 푸른빛을 머금은, 티버의 견고한 곡괭이.

이안은 곡괭이의 정보 창을 확인하며 눈을 빛냈다.

티버의 견고한 곡괭이	
분류 : 잡화	등급 : 희귀(초월)
내구도 : 9,990/9,990	

차원의 대장장이 '티버'에 의해 제작된 견고한 곡괭이 입니다.
기계적으로 만들어진 양산품이기는 하지만 티버의 정성이 제법 들어가
있는 물건입니다.
미량의 차원의 마력이 담겨 있어 차원 광물을 채굴하는 데 용이합니다.
*최대 희귀(초월) 등급의 광물까지 채굴이 가능한 장비입니다.
*곡괭이질을 한 번 할 때마다, 내구도가 1씩 하락합니다(내구도가 전부
하락하기 전에 대장간에 돌아와 차원의 마력을 충전하면, 최대 내구도
의 80퍼센트까지 수리할 수 있습니다).
*차원의 광물 외에 다른 광물은 채굴할 수 없습니다.

카일란에서 '곡괭이' 아이템은 원래 '장비' 카테고리로 분류된다.

그런데 티버에게서 받은 이 곡괭이는 아이템 분류가 '잡화'로 되어 있었다.

'특이하네. 레이드 맵 안에서만 사용 가능한 이벤트성 아이템이라 그런가?'

그리고 이 아이템 정보 창에서 이안이 주목한 부분은 두 가지였다.

그 첫째는 바로, 정보창의 상단에 떠 있는 '내구도' 부분.

'잠깐, 이거 곡괭이질 한 번당 내구도 1 감소면……. 9,990은 너무 적은 것 같은데?'

이안은 과거 미친 듯이 채굴하던 시절의 기억을 떠올려 보았다.

'제대로 자리 잡고 파밍하기 시작하면, 대충 1~2초에 곡

괭이질 한 번 정도 할 텐데…….'

그리고 빠르게 머리를 굴려 암산하기 시작했다.

'1.5초당 곡괭이질 한 번으로 잡으면, 대충 250분 정도…….
넉넉잡아 봐도 4시간 정도 채굴하면 내구도가 다 닳아 버리
겠는걸?'

사실 곡괭이의 내구도를 확인하고 이런 생각을 하는 유저
는, 오직 이안밖에 없을 것이었다.

애초에 9,990번의 곡괭이질이 '부족하다'고 생각해야, 이
런 발상을 할 수 있는 것이니 말이다.

그리고 이안이 두 번째로 주목한 부분은 정보 창의 하단에
있는 부가 설명이었다.

바로, 최대 희귀(초월) 등급까지의 광물이 채굴이 가능하다
는 부분.

'광물에 등급이 있다는 건, 종류가 한 가지가 아니라는 말
이겠지.'

이것만으로 구체적인 추측을 할 수는 없겠지만, 두 가지
정도의 가정을 세워 볼 수는 있었다.

1. 클리어를 위해 채굴해야 하는 '차원의 마력석'에 등급
이 존재한다거나.

2. 채굴되는 광물이 차원의 마력석 외에 다른 종류가 존재
한다거나.

그리고 이안은, 후자일 확률이 높다고 생각했다.

마력석 채굴 퀘스트의 획득 가능한 최소 공적치가 600이었고, 퀘스트 완료 최소 조건이 여섯 개의 마력석을 채굴하는 것이었으니, 마력석 한 개당 획득 가능한 공적치는 100포인트로 고정되어 있다는 추측이 가능한 것이다.

만약 마력석에 등급이 나뉜다면 포인트가 고정일 리 없었으니, 다른 종류의 광물 채굴이 가능할 것이라 예상되는 것이다.

'이거 단순 노가다 퀘스트인 줄 알았더니, 재밌는 요소가 많은데?'

이안이 이런저런 생각을 하는 동안 티버의 설명이 이어졌다.

"시간이 많지 않으니, 몇 가지만 간단히 설명하도록 하겠네."

"경청하겠습니다."

"우선 차원의 마력석을 채굴할 수 있는 광맥의 좌표일세."

티버의 말이 끝나자마자 이안의 눈앞에 반투명한 시스템 창이 떠올랐다.

그리고 그것은, 카일란의 유저라면 누구나 익숙한 '미니맵'의 형태를 띠고 있었다.

"차원의 숲에는 총 열 곳의 광맥이 있다네. 그리고 이 곳 어디에서든, 마력석은 채굴할 수 있지."

이안은 집중하여 티버의 말을 듣고 있었고, 잠시 뜸을 들인 뒤 그의 말이 이어졌다.

"하지만 여기에는 간단한 팁이 있다네."

"팁……요?"

"저기 지도에 파랗게 빛나는 포인트가 보이지?"

"예, 보이네요."

"저 푸른빛이 30분마다 랜덤한 광맥으로 이동하는데, 빛이 머무는 자리에서 채굴해야 차원의 마력석을 채굴할 확률이 높아진다네."

"아하!"

"빛이 강할수록, 그 확률은 더욱 높아지고 말이야."

이안의 눈이 반짝였다.

이야기를 들을수록 이 마력석 채굴 퀘스트가 단순히 노다가성 퀘스트는 아닌 것 같았으니 말이다.

'확률 보정이 어느 정도인지는 모르겠지만, 그래도 광맥을 옮겨 다녀야 될 정도의 유의미한 수준이겠지.'

흥미로운 표정으로 이야기를 듣는 이안을 향해, 티버가 마지막으로 한 가지 내용을 덧붙였다.

"하지만 무작정 파란 빛이 강한 곳으로 움직이는 건 추천하지 않는다네."

"그건 왜죠?"

"파란 빛이 강할수록, 채굴 환경이 더욱 위험해질 테니 말이지."

"······?"

"저 파란 빛이 의미하는 것은 차원의 마력이라네. 그리고 이 차원의 숲에 있는 몬스터들은, 차원의 마력을 아주 좋아하지."

그 뒤로도 대략 5분 여 동안 티버의 설명이 차근차근 이어졌다.

그리고 티버의 설명을 전부 들은 이안의 입가에 슬쩍 미소가 걸렸다.

곡괭이를 둘러멘 이안은 망설임 없이 요새를 빠져나왔다.

이제 설명은 다 들었으니 최대한 신속히 행동할 시간이었다.

'우선 이 차원의 숲이라는 곳에 대해 좀 파악해야 할 텐데······.'

이안은 시야 구석에 떠올라 있는 작은 미니 맵을 힐끔 확인해 보았다.

미니 맵에 떠올라 있는 다섯 개의 푸른 기운들.

숲의 동쪽 끝에 가장 커다란 푸른 기운이 머물러 있었지만, 이안은 곧장 그곳으로 움직일 생각이 아니었다.

빛이 강할수록 위험성이 높다 하였으니 채굴 확률이 높다

하여 무턱대고 움직여서는 안 되는 것이다.

'일단 총체적인 난이도를 좀 파악해야겠어. 그리고 전략을 세워야지.'

할리의 등에 올라탄 이안은 추가로 카카를 소환하였다.

정찰이 필요한 상황에서 카카만큼 그 임무를 확실하게 수행해 줄 수 있는 소환수는 없었으니 말이다.

"카카, 네가 북동쪽으로 움직여 줘. 저기 가장 동쪽에 있는 광맥 한 바퀴 돌고, 북쪽에서 다시 만나자."

"알겠다, 주인아."

카카에게 미션을 던져 준 이안은, 곧장 북쪽을 향해 움직였다.

그리고 걸음을 옮기면 옮길수록 숲속의 분위기는 점차 으스스해지고 있었다.

'이제 슬슬 뭔가 나타날 때도 됐는데…….'

긴장의 끈을 팽팽하게 잡아당긴 이안은 소환수들과 함께 계속해서 북진하였다.

그리고 그렇게 10분 정도가 지났을까?

부스슥- 부스슥-!

이안은 드디어, 몬스터의 그림자를 발견할 수 있었다.

"……!"

이안은 시야에 들어온 몬스터의 정보를 재빨리 확인해 보았다.

차원의 악령 : Lv 10

'차원의 악령'이라는 이름을 가진, 유령을 연상케 하는 외모를 가진 몬스터들.

이안을 태우고 있던 할리가 낮은 톤으로 으르렁거렸고, 옆에 있던 라이 또한 이안을 향해 물었다.

"주인, 공격할까?"

하지만 이안은, 앞으로 튀어나가려는 라이와 할리를 제지하였다.

"잠깐, 대기해 봐."

평소 같았더라면 망설임 없이 공격을 택했을 주인이 움직임을 저지하자, 라이와 할리는 살짝 의아한 표정이 되었다.

하지만 그 또한 찰나지간일 뿐.

둘은 얌전히 이안의 다음 명령을 기다렸다.

'차원 레벨이 10이라……. 거울 전장에서 싸웠던 차원기병들이랑 비슷한 전력이려나.'

이안이 섣불리 전투를 시작하지 않는 이유는 간단했다.

지금 저 녀석들과 싸워서 얻을 수 있는 것이 없기 때문이었다.

'놈들을 잡는다고 지금 경험치를 얻을 수 있는 것도 아니고. 일단 기다려 보자.'

숲속에서 튀어나온 악령들의 숫자는 점점 더 많아지기 시작했다.

이안이 눈대중으로 세어 보아도 최소 스물 정도는 되어 보이는 악령의 무리들.

녀석들은 이안을 발견하지 못한 것인지 나타난 반대 방향으로 무리 지어 달려 나갔다.

이안이 은폐해 있는 수풀 앞쪽을 지나 그대로 사라져 버린 것이다.

그리고 몬스터들이 사라진 방향을 미니 맵으로 확인한 이안은 살짝 의아한 표정이 되었다.

'티버는 분명, 몬스터들이 차원의 마력을 좋아한다고 했는데…….'

티버가 알려 준 정보에 의하면, 몬스터들은 차원의 마력이 머무는 광산을 향해 이동해야 한다.

하지만 지금 이안의 앞을 지나간 악령의 무리들은 미니 맵상 푸른 기운이 전혀 나타나 있지 않은 방향을 향해 이동하고 있었다.

아이러니한 상황이라고 할 수 있는 것이다.

'대체 뭘까? 티버가 잘못된 정보를 알려 줬을 리는 없는데…….'

이런저런 가정을 세우며 머리를 굴려 보는 이안.

그리고 잠시 후.

"……!"

뭔가 떠오른 게 있는 것인지, 이안의 동공이 살짝 확대되었다.

'그래, 이거라면 설명이 되지!'

다시 할리의 등에 올라탄 이안은 서둘러 움직이기 시작했다.

그리고 이안 일행이 움직이기 시작한 방향은, 방금 전 몬스터들이 사라진 서쪽이었다.

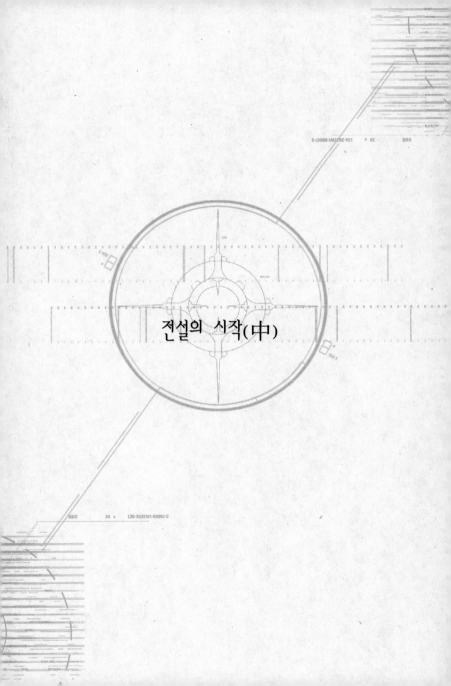

전설의 시작(中)

Taming Master

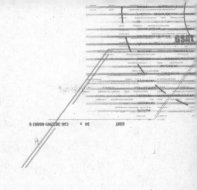

차원의 숲 깊숙한 곳에 위치한 광산.

광맥이 자리한 동굴의 안쪽에 긴장한 표정을 한 몇몇 유저들이 분주히 움직이고 있었다.

제법 격렬한 전투를 벌인 것인지 온통 땀으로 범벅되어 있는 유저들의 얼굴.

그리고 잠시 후 입구에 모인 그들은, 나직한 목소리로 대화를 나누기 시작했다.

"크, 아무리 둘러봐도 광맥 입구는 하나밖에 없는 것 같습니다."

"이번엔 제대로 찾았군요. 여기라면 안정적으로 채굴을 해 볼 수 있겠어요."

"자, 몬스터들이 몰려오기 전에 다들 서두릅시다. 차원의 기운이 생성된 지도 10분 정도 지났으니, 우리 네 사람이 5분 씩 돌아가며 입구를 지키면 되겠어요."

"좋아요. 그러면 개인당 채굴 시간 15분 정도는 확보되는 거니까, 운 좋으면 마력석 두 개까지도 채굴이 가능하겠어요."

"두 개는 무슨. 전 한 개라도 띄웠으면 좋겠네요. 이번에도 못 띄우면 진짜 위험해지는데…….."

의견을 교환한 뒤 빠르게 각자의 포지션으로 이동하는 유저들.

그리고 서둘러 채굴을 시작한 유저 중에는 가장 먼저 레이드 맵에 입장한 '훈이'도 포함되어 있었다.

'후, 단순 노가다 퀘스트인 줄 알았는데 이렇게 하드코어한 난이도일 줄이야.'

훈이 일행이 레이드 맵에 입장한 지는 벌써 4시간도 넘게 지났다.

하지만 그동안 훈이가 채굴할 수 있었던 마력석은 고작 두 개뿐.

앞으로 맵이 닫히기까지는 8시간도 채 남지 않았고, 그 안에 못해도 네 개의 마력석은 더 채굴해야 퀘스트를 완료할수 있는 최소 조건이 충족된다.

마력석 채굴 페이스를 더 올리지 못한다면, 최소 조건조차 충족하기 힘든 상황인 것이다.

심지어 일행 내에서 훈이가 가장 많은 마력석을 채굴한 것이었으니, 퀘스트의 난이도가 얼마나 어려운 것인지는 이 사실만 봐도 짐작이 가능했다.

'그래도 이안 형네 광산에서 알바(?)했던 경험이 있었기에 망정이지, 채굴 처음 하는 거였으면 첫날부터 퀘스트 실패할 뻔했어.'

마계에 있는 이안의 광산에서, 종종 일손을 거들어 주었던(?) 이안의 충복 훈이.

그 때문에 훈이의 채광 실력은 제법 수준급이라 할 수 있었다.

깡- 깡- 까앙-!

훈이의 곡괭이가 경쾌한 소리를 내며, 연신 동굴의 석벽을 두들겼다.

그리고 그런 훈이의 모습을, 옆에 있던 유저 하나가 부러운 듯 쳐다보았다.

"훈이 님은 흑마법사 클래스이신데, 어떻게 그렇게 곡괭이질을 잘하세요?"

그 목소리의 주인공은 바로, 신의 말판 전장에서 천군 진영의 '의무대장' 포지션으로 활약했었던, 귀여운 외모를 가진 금발의 여성 유저 료이카.

그녀의 물음에, 훈이의 양 볼이 붉게 물들었다.

"하, 하핫. 제가 이래 봬도 한때는 이안 형의 노예였……아니, 그게 아니고, 원래 어둠의 군주는 못 하는 게 없거든요."

마치 여자라는 생물과 처음 대화하는, 남중, 남고 나온 공대생처럼 온몸을 움찔거리며 어쩔 줄 몰라 하는 훈이였다.

그런데 평소에는 여성 유저들과 스스럼없이 대화하던 훈이가, 어째서 이렇게 굳어 버린 것일까?

그 이유는 간단했다.

훈이는 료이카를 본 순간, 첫눈에 반해 버린 것이다.

'너, 너무 예쁘잖아……!'

훈이의 주변에는 사실 '미녀'라는 수식어가 어색하지 않은 여성 유저들이 제법 많았다.

로터스의 부길드마스터인 피올란부터 시작해서, 이안의 여자 친구인 하린 그리고 홍염의 마도사인 레미르까지.

게다가 길드원 중에서도 제법 미녀들이 많았으니 나름 꽃밭(?)에서 게임해 왔던 것이다.

하지만 지금까지 훈이는 단 한 번도 누가 예쁘다고 생각해 본 적이 없었다.

훈이가 사랑에 빠지기엔, 훈이 주변에 있는 여성 유저들의 나이가 너무 많았으니 말이다.

게다가 다들 훈이를 꼬맹이 취급하니 그 어떤 감정이 싹트려야 싹틀 수 없는 것.

하지만 료이카는 달랐다.

훈이보다 두세 살 정도 많은 듯 보이기는 했으나, 그래도 '동년배'라 할 만했던 것이다.

게다가 꼬맹이 취급하는 누나들과 달리 꼬박꼬박 '님' 자를 붙이며 훈이에게 사근사근 대해 주니, 이것은 그의 인생에 머리털 나고 처음 있는 일이라고 할 수 있었다.

"역시 훈이 님은 못하는 게 없군요. 훈이 님 옆에서 채굴하는 것 좀 배워야겠어요."

방긋 웃으며 훈이의 옆에 자리를 잡고 곡괭이질을 시작하는 료이카.

그런 그녀를 힐끔 쳐다보며, 훈이는 두 주먹을 불끈 움켜쥐었다.

'그래, 이 차원의 거인 레이드는 기필코 내가 캐리하고 말겠어. 이번만큼은 이안 형한테 양보할 수 없지.'

신의 말판 전장에서 잃어버렸던 자신감을 사랑의 힘으로 다시 찾은 훈이.

훈이는 의욕을 활활 불태우며, 다시 곡괭이질을 시작하였다.

깡– 깡– 까앙–!

지금쯤 이안도 정예병이 되어 이 숲에 진입했을지도 모른다.

하지만 그렇다고 해도, 분명히 혼자서는 퀘스트 진행이 쉽지 않을 터.

운 좋게 먼저 진입한 유저들을 만나거나 후발대와 함께한다면 다행이지만, 혼자서 이 퀘스트를 진행했다가는 높은 확률로 클리어에 실패할 것이었다.

'이안 형은 지금 뭐 하고 있으려나? 이제 슬슬 맵에 들어왔으려나?'

하지만 이안을 떠올리고 생각할수록, 훈이는 다시 알 수 없는 불안감에 휩싸이고 말았다.

'설마…… 벌써 채굴을 시작한 건 아니겠지?'

훈이는 문득, 이안이 지금 뭘 하고 있을지 궁금해졌다.

하지만 이 레이드 맵 안에 들어와 있는 한 이안의 근황을 알아볼 방법은 없었다.

'차원의 숲' 맵에 진입하는 순간, 모든 종류의 메시지가 차단되니 말이다.

'휘유, 그래. 일단 이안 형은 신경 쓰지 말고 내 일이나 열심히 하자. 적어도 오늘까지는 내 공헌도가 더 높을 테니 말이야.'

가까스로 평정을 찾은 훈이는 다시 곡괭이질에 집중하기 시작했다.

그리고 훈이가 무아지경에 빠져든 순간.

띠링-!

-'차원의 마력석'을 채굴하는 데 성공하셨습니다!

훈이를 기분 좋게 만드는 한 줄의 시스템 메시지가 경쾌하
게 울려 퍼졌다.

차원의 숲에 서식하는 몬스터들은 차원 마력을 매우 좋아
한다.

그것이 바로 그들의 에너지원이기 때문이다.

차원 마력이 충만한 광물을 섭취할수록 더욱 강력한 몬스
터로 진화하는 차원의 숲 몬스터들.

그리고 그렇게 최대한 많은 차원 마력을 섭취한 몬스터들
은, 다시 거인의 먹잇감이 된다.

"그리하여 충분한 차원 마력이 모이게 되면, 잠들어 있던
차원의 거인이 깨어나게 되는 것일세."

티버가 했던 이야기를 복기해 본 이안의 입가에, 기분 좋
은 미소가 걸렸다.

'후후, 역시 내 예상이 맞았어.'

이동 중에 발견한 '차원의 악령'을 따라 숲의 서쪽 끝에 있
는 광산까지 도착한 이안.

그리고 지금 이안의 시선은 시야 한쪽 구석에 떠올라 있는 미니 맵을 향해 있었다.

우웅- 우우웅-!

작은 공명음과 함께, 미니 맵에 떠올라 있던 다섯 개의 푸른 기운이 스르륵 하고 사라졌다.

이어서 사라진 푸른 기운들은 다시 새로운 위치에서 천천히 점멸하기 시작했다.

그리고 다섯 개의 푸른 빛 중 하나는 지금 이안이 도착해 있는 광맥의 위에서 밝게 빛을 발하고 있었다.

이안이 미리 도착한 이 광맥에, 차원의 마력이 생성된 것이다.

'이 악령들은, 차원의 마력이 어디로 움직이는지 미리 알고 있었던 거야.'

이안이 악령들을 쫓아온 이유는 바로 여기에 있었다.

어딘가를 향해 정신없이 이동하는 악령들을 보며, 그들이 차원 마력이 움직이는 방향을 향해 이동하는 것일지도 모른다고 짐작했던 것이다.

그리고 악령을 쫓는 과정에서, 한 가지의 사실도 더 유추할 수 있었다.

그것은 바로, 몬스터들 중 '차원의 악령'만이 차원 마력의 이동을 미리 느낄 수 있다는 사실.

서쪽의 텅 빈 광맥을 향해 정신없이 움직이는 악령들과 달리 다음에 만난 다른 몬스터들은 이미 차원 마력이 들어차 있는 광맥으로 이동하고 있었던 것.

그러니 차원 마력의 움직임을 예측하는 것은 '악령'들 뿐이라고 짐작해 볼 수 있었다.

그리고 이러한 이안의 짐작들은, 보다시피 정확히 맞아떨어졌다.

'크, 이 사실만 잘 이용하면, 제법 많은 시간을 세이브할 수 있겠어.'

차원의 마력이 어떤 광맥으로 이동할지 알 수 있다는 것은 퀘스트를 수행하는 데 있어서 엄청난 이점으로 작용할 것이다.

마력이 발현될 광맥에서 미리 기다렸다가 채굴한다면, 못해도 10분 정도의 시간을 세이브할 수 있을 테니 말이다.

게다가 마력이 광맥에 머무는 시간은 고작 30분밖에 되지 않으니, 그 10분은 무척이나 큰 차이라고 할 수 있었다.

'카카에게 악령을 찾아다니라고 명령을 내려 둬야겠어. 이렇게 하면 시간 낭비 없이 옮겨 다니면서 채굴을 할 수 있겠지.'

생각지도 못했던 발견에, 이안은 기분이 무척이나 좋아졌다.

'이거, 시작부터 운이 따라 주는데?'

이것은 물론 이안이 신중하게 움직인 덕에 발견해 낸 사실이었지만, 우연적인 요소도 무시할 수 없었다.

만약 이안이 처음 만났던 몬스터가 악령이 아니었다면, 높은 확률로 이런 사실을 알아채지 못했을 테니 말이다.

심지어 이러한 트릭은 콘텐츠를 개발한 기획자들조차 생각하지 못했던 부분이었다.

기획자들은 단지 몬스터들을 순차적으로 움직이기 위해 이런 요소를 만들었던 것뿐이었으니 말이다.

그저 몬스터 별로 차원 마력에 반응하는 속도를 다르게 설정해 놓았던 것일 뿐이었다.

이안처럼 그 차이점을 이용해 퀘스트를 공략하는 유저가 있으리라고는, 아마 상상조차 하지 못했을 것이었다.

어쨌든 의외의 수확에 기분이 좋아진 이안은, 망설임 없이 광산의 안쪽으로 진입하였다.

광산의 안쪽에는 어느새 쏟아져 들어온 악령들이 정신없이 광물들을 먹어치우고 있었다.

'진짜 게걸스럽게도 처먹는군.'

그런데 재밌는 것은, 녀석들이 광물을 흡수하는 데 정신이 팔린 나머지 이안을 거들떠보지도 않는다는 것이었다.

'이러면 혹시……. 이놈들이랑 싸우지 않고도 광물을 채굴할 수 있는 건가?'

하지만 이안의 기대는 금방 깨어지고 말았다.

이안이 광물을 채굴하기 위해 곡괭이를 꺼내 든 순간, 악령들이 일제히 적의를 드러낸 것이다.

"후, 돼지 같은 놈들. 밥그릇 뺏기기는 싫은가 보네."

피식 웃은 이안은 다시 곡괭이 들어 인벤토리에 집어넣었다.

그리고 일전에 만들어 두었던, '천룡군장의 보주' 아이템을 장착하였다.

"좋아. 이놈들부터 먼저 쓸어 버리고, 나도 슬슬 채굴을 시작해 볼까?"

그러자 이안을 적으로 인식한 악령들이 서서히 그를 둘러싸며 다가오기 시작했다.

하지만 이안의 표정에는 여유가 넘쳤다.

다수의 일반 필드 몬스터를 상대로 한 PVE는 이안의 전문 분야였으니 말이다.

크륵- 크르륵-!

기괴한 울음소리를 흘려 대며, 점점 이안을 구석으로 몰아넣는 악령들.

그런데 그 순간.

"……!"

이안의 눈앞에 생각조차 하지 못했던 내용을 담은 메시지가 떠올랐다.

-광맥을 타고 차원의 마력이 차오르기 시작합니다.

-광산이 머금은 차원의 마력이 한계치에 도달했습니다.

─에픽 몬스터 '마력의 아이언 스웜'이 깨어납니다.

광산의 깊숙한 곳에서부터, 낮고 묵직한 진동음이 전해져 올라온다.

쿠릉─ 쿠르릉─!

그리고 이 진동음이 울려 퍼짐과 동시에 이안을 향해 다가오던 악령들의 움직임이 그대로 굳어 버렸다.

크륵─ 크르륵!

키리릭!

무척이나 불안한 표정이 되어 기괴한 소리를 흘려 대며 주변을 살피는 악령들.

물론 긴장한 것은 악령들뿐만이 아니었다.

정체를 알 수 없는 시스템 메시지를 발견한 이안 또한 불안하기는 마찬가지였으니 말이다.

'아이언 스웜이라고? 대체 뭐지?'

시스템 메시지가 울려 퍼짐과 동시에 광산 전체에 진동음이 울렸다.

그리고 그 말인 즉, 아이언 스웜이라는 에픽 몬스터의 등장이 광산 전체에 진동을 줄 만큼 대단하다는 것이었다.

'이 커다란 광산이 흔들리려면 못해도 토르의 대여섯 배는

되는 크기여야 할 텐데……!'

한차례 진동이 있은 후 무섭도록 적막해진 광산의 내부.

하지만 그것은 폭풍전야였을 뿐.

멈춘 듯 조용했던 진동이 다시 발밑에서부터 올라오기 시작했다.

구르릉– 쿠릉–! 콰콰쾅–!

미약한 떨림에서 시작되어 점차 거대해진 진동음은 곧 광산 전체를 집어삼킬 듯 폭발하였고…….

"제길!"

이안을 둘러싸고 있던 악령들은 어디론가 빠르게 도망가기 시작했다.

키에엑–! 키아아오!

그리고 그것을 본 이안은 발밑이 갈라지는 지금 이 순간도 갈등하고 있었다.

'에픽 몬스터의 난이도가 얼마나 될는지 도저히 감이 안잡히는데…….'

카일란에 존재하는 거의 모든 맵에서는 낮은 확률로 에픽 몬스터가 등장한다.

에픽 몬스터는 에픽Epic이라는 그 이름답게 맵에 얽혀 있는 스토리와 관련되어 있는 경우가 많다.

그리고 희귀한 만큼 매력적인 보상을 드롭하는 경우가 보통이다.

때문에 이 난이도의 불확실성 속에서도, 이안은 선뜻 도망을 택하지 못하는 것이었다.

'후, 그래. 어쨌든 이 맵은 초월 10레벨 유저들만 입장이 가능한 맵이니, 난이도가 아무리 높더라도 납득 가능한 수준 안에서 구성되어 있겠지.'

그럴싸한 분석의 탈을 쓴 자기합리화(?)를 시전한 이안은, 더욱 긴장의 끈을 조이며 상황을 주시하였다.

'아이언 스웜'이라는 처음 보는 에픽 몬스터를 한번 잡아 보기로 결심한 것이다.

"진원지가 점점 가까워지고 있어. 바닥 아래쪽에서 뭔가 튀어나오려는 건가?"

이안의 중얼거림처럼 광산은 점점 더 큰 폭으로 진동하기 시작했다.

처음에는 잔떨림 수준이었다면, 이제는 두 다리로 서 있기조차 쉽지 않을 만큼 크게 진동하는 것이다.

그리고 다음 순간.

콰아앙-!

마치 다이너마이트라도 터진 듯 거대한 폭발음이 울려 퍼지며, 이안이 서 있던 뒤쪽의 거대한 바위가 펑 하고 터져 나갔다.

"흐아앗!"

그리고 이쯤 되자, 긴장의 끈을 놓지 않고 있던 이안조차도 화들짝 놀랄 수밖에 없었다.

콰쾅- 콰콰콰-!

폭발력으로 인해 바닥을 구른 이안은, 재빨리 중심을 잡고 일어서 뒤쪽으로 고개를 돌렸다.

이어서 아이언 스웜의 정체를 확인한 이안의 두 눈은 놀란 토끼 눈처럼 커다랗게 확대되어 있었다.

"이, 이게 대체……."

이안의 눈앞에 우뚝 솟아오른, 거대한 지네 형상의 괴생 물체.

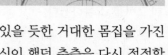

마력의 아이언 스웜 : Lv. ???

광산 전체를 집어삼킬 수도 있을 듯한 거대한 몸집을 가진 아이언 스웜을 보며 이안은 자신이 했던 추측을 다시 정정할 수밖에 없었다.

'토르 다섯은 무슨……! 토르 수십 마리 합쳐 놔도 저거보단 작겠어.'

바닥에서 솟아오른 아이언 스웜은 허공을 향해 커다랗게 포효하기 시작하였다.

키아아오오! 크아악!

그러자 그의 입에서 튀어나온 시퍼런 액체덩이가 여기저기 튀어나가 비산했다.

치익– 치이익–!

그리고 그 액체가 내려앉은 자리는 마치 불로 지지기라도 한 듯 녹아내리기 시작했다.

"저건, 맞으면 그대로 사망이겠군."

정면으로 날아든 액체를 가까스로 피해 낸 이안은 아랫입술을 슬쩍 깨물었다.

생각했던 것보다 훨씬 무시무시한 녀석이 등장한 것 같았지만, 남자가 칼을 뽑았으면 무라도 썰어야 하는 법.

이안은 이대로 꼬리를 말고 줄행랑칠 생각이 전혀 없었다.

'덩치가 꼭 전투력에 비례하는 건 아니니까.'

샌드웜의 시야를 피해 그 뒤편으로 움직인 이안은, 재빨리 마그비를 소환하였다.

본격적인 전투가 시작되기 전 보스의 스펙을 파악하는 방법으로, 화염시 만한 것이 없었으니 말이다.

–중급 불의 정령, '마그비'가 소환되었습니다.

시뻘건 불길과 함께 마그비가 소환되었고, 그와 거의 동시에 이안의 손에 화염의 장궁이 생성되었다.

화르륵–!

그리고 이안은, 망설임 없이 활시위를 당기기 시작했다.

일단 딜이 어느 정도 박히는지부터 확인해 봐야 전투를 어떻게 풀어갈지 윤곽이 나오니 말이다.

핑– 피핑–!

하지만 다음 순간.

이안의 표정은 그대로 굳어 버리고 말았다.

"잘못 본 건 아니겠지?"

이안의 눈앞에, 정말 믿기 힘든 시스템 메시지가 떠올라 있었으니 말이다.

-에픽 몬스터 '마력의 아이언 스웜'에게 치명적인 피해를 입혔습니다!

-'마력의 아이언 스웜'의 생명력이 1만큼 감소합니다!

-에픽 몬스터 '마력의 아이언 스웜'에게 치명적인 피해를 입혔습니다!

-'마력의 아이언 스웜'의 생명력이 1만큼 감소합니다!

-'마력의 아이언 스웜'의 생명력이 1만큼 감소합니다!

두 눈을 씻고 다시 봐도 시스템 메시지 상에 표기되어 있는 숫자는 분명한 1.

이안은 이 믿을 수 없는 상황에, 순간 말문이 막히고 말았다.

'대체 뭘 어쩌라는 몬스터지? 저 덩치면 생명력도 수십만은 그냥 넘을 텐데…….'

순간 버그 몬스터가 아닌지, 진지하게 고민하기 시작한 이안.

하지만 이안의 화살에 맞은 아이언 스웜이 그를 그대로 가만 둘 리 없었다.

캬아아악-!

거대한 입을 쩍 벌린 아이언 스웜이 광산을 휘저으며 이안을 향해 맹렬히 쇄도했다.

그러자 또다시 지진이라도 난 듯 광산 전체가 흔들리더니, 이윽고 천장이 무너져 내리기 시작했다.

"흐읍!"

한차례 크게 심호흡을 한 이안은 있는 힘껏 허공을 향해 도약하였다.

그리고 추진력이 힘을 잃은 순간, 재빨리 까망이를 소환하여 그 위에 올라탔다.

"까망아, 튀어!"

푸르릉-!

이안의 명령이 떨어지자마자, 까망이의 등 뒤로 시커먼 어둠의 날개가 솟아올랐다.

이어서 까만 어둠 속으로 녹아든 까망이는 무너져 내리는 바윗덩이들을 피해 수직으로 솟아올랐다.

어둠의 날개는 물론 광역 공격 스킬이었으나, 이렇게 도주할 때에도 유용하게 사용할 수 있는 것이다.

쐐애애액-!

커다란 파공성을 일으키며, 하늘 높이 수직 상승한 까망이와 이안.

가까스로 아이언 스윕의 시야에서 벗어난 이안은, 아래를 내려다보며 입술을 잘근잘근 깨물었다.

'분명히 뭔가 공략법이 있으니까 만들어 놓은 몬스터일 텐

데…….'

지금 이안의 무기는 이 용사의 협곡 안에 있는 모든 랭커들 중에 가장 뛰어나다.

심지어 특수 스텟까지 최대치로 수련한 지금, 이안이 쏘아내는 불화살 한 방 한 방은 그야말로 핵탄두급 공격력을 지녔다 할 수 있었다.

'그런데 대미지가 1이 박혔다라…….'

만약 이안의 불화살이 샌드웜에게 두세 자릿수 정도의 대미지를 박았더라면, 오히려 이안은 깔끔히 포기하고 다른 광맥을 찾아 움직였을지도 모른다.

어찌해 볼 수 있는 몬스터가 아니라는 걸, 곧바로 인지할 수 있었을 테니 말이다.

하지만 이안의 화살이 샌드웜에게 입힌 대미지는, 2도, 3도 아닌 정확히 1.

여기에 분명 어떤 기획 의도가 담겨 있음을, 이안은 감으로 느낄 수 있었다.

애초에 이 거대한 괴물은 평범한 방법으로 때려잡으라고 만들어 놓은 녀석이 아닌 것이다.

'이대로 포기하긴 뭔가 아쉬운데……. 조금 비비다 보면, 어딘가 분명 숨겨져 있는 놈의 약점을 발견할 수 있을지도 몰라.'

하늘 높이 솟아오른 이안은 샌드웜의 거대한 몸집을 내려다보며 관찰을 시작하였다.

다행히 거대한 덩치답게 움직임이 무척이나 둔한 녀석은 이안의 움직임을 놓치고는 광산 바닥만 이리저리 두리번거리고 있었다.

'분명히 어떤 포인트가 있을 텐데…….'

아이언 스웜의 정수리(?)를 내려다보며 골똘히 생각에 잠긴 이안.

그런데 그때, 이안을 찾아 두리번거리던 아이언 스웜의 행동 패턴이 일변하기 시작하였다.

키아아악!

이안을 찾는 대신 도망치는 차원의 악령을 쫓아가 닥치는 대로 집어삼키기 시작한 것이다.

"……!"

그리고 악령을 한 마리 집어삼킬 때마다, 거대한 스웜의 몸집을 타고 정체를 알 수 없는 푸른빛이 휘감겨 들어가는 것이 보였다.

모두가 잠에 들었을, 깜깜한 어둠이 내려앉은 새벽 3시의 서울.

도심의 한복판에 우뚝 솟아 있는 거대한 빌딩의 중간층에,

홀로 불이 켜져 있는 사무실이 하나 있었다.

심지어 그 사무실의 안쪽에는 수많은 사람들이 분주하게 움직이며 뭔가를 하고 있었다.

"태철 씨, 그쪽 CG 작업은 아직 안 끝났어?"

"거의 끝나 갑니다, 대표님! 앞으로 1시간이면 마무리 가능해요!"

"어휴, 앞으로 1시간? 자기 지금 시간이 몇 시인 줄은 알고 있는 거지?"

"하하, 뭐 밤샘 작업 한두 번인가요? 이쪽은 걱정 마시고 다 끝나셨으면 퇴근하세요, 대표님."

들려오는 내용으로 보아, 분명히 야근 중인 대표와 부하 직원의 대화.

하지만 아이러니한 것은 이들의 대화가 무척이나 화기애애하다는 것이었다.

"석류 씨, 힘들지 않아? 너무 피곤하면 일단 퇴근하고, 내일 출근해서 마무리해도 돼."

"아니에요, 대표님. 이거 다 하고 가야 내일 해외 발주 가능해요."

심지어는 퇴근을 권장하는 대표와 야근을 더 하겠다는 사원의 대화까지도 들려오는, 아이러니하기 그지없는 분위기의 특이한 사무실.

이 사무실의 정체는 다름 아닌 영상 디자이너 '소진'의 사무실이었다.

"휘유, 이거, 직원이 퇴근을 안 하는데 내가 먼저 갈 수도 없고…….."

기분 좋은 웃음을 지은 소진은, 다시 본인의 자리에 앉아 의자에 몸을 푹 기대었다.

직원이 굳이 퇴근하지 않고 일을 마무리하겠다니, 그녀 또한 1시간 정도만 더 남아서 영상 작업을 끄적여 볼 생각이었다.

'흐흐, 평소에는 퇴근 시간만 되면 번개같이 사라지던 녀석들이 이 시간까지 남아서 자발적으로 일하다니. 역시 돈이 좋기는 좋구나.'

요즘 소진의 디자인 사무실은 눈 코 뜰 새 없이 일이 밀려 들어왔다.

심지어 일의 건수 하나하나가 어마어마하게 굵직한 것들이었으니, 그야말로 갈퀴로 돈을 쓸어 담는 중이라고 할 수 있었다.

'프로젝트에 참여하는 직원에게 인센티브를 준 건 정말 신의 한 수였어.'

이안을 비롯한 로터스 길드원의 플레이 영상을 전담하여 편집하는 소진의 영상디자인 사무실.

최근 소진의 사무실에 부쩍 일이 많아진 것은 당연히 이안 때문이었다.

세계 무대가 열리자마자 입성한 이안이 시작부터 거대한 폭탄을 터뜨리는 바람에, 이제는 글로벌한 스케일로 여기저기서 러브콜이 오기 시작한 것이다.

물론 영상 수익의 가장 큰 비중은 저작권자인 이안에게 돌아간다.

하지만 워낙 액수가 크다 보니 소진의 사무실에 떨어지는 돈도 천문학적인 수준이 되어 버린 것.

각 프로젝트를 맡은 직원에게 떨어지는 인센티브만 해도 한 달에 수백 단위가 넘어가다 보니, 소진의 사무실에는 밤낮 없이 불이 켜지게 된 것이다.

"흐음, 그러고 보니 오늘자 이안갓 플레이 영상은 아직 뜯어 보지도 않았는데⋯⋯. 작업은 내일 하더라도 퇴근하기 전에 구경이나 한번 해 볼까?"

기분이 얼마나 좋은지 콧소리까지 흥얼거린 소진은 저녁에 다운받아 두었던 이안의 개인 영상을 오픈하였다.

이안이 보내 온 새로운 영상을 여는 이 순간은, 여러모로 설레는 순간이라 할 수 있었다.

이안의 영상 자체가 황금 알을 낳는 거위이기도 했지만, 팬으로서 그의 개인플레이 영상을 본다는 사실 자체가 순수하게 설레기도 하는 것이다.

심지어 이안을 제외하고는 그 누구보다도 가장 먼저 영상을 확인하는 사람이 그녀였으니, 이것은 소진만이 가진 소소

한 특권이라 할 수 있었다.

"자, 어디 보자……. 오늘 차원의 거인 레이드가 열렸다고 하던데, 우리 이안갓도 레이드 퀘스트에 참여했으려나?"

연신 중얼거리며 모니터를 풀 세팅한 소진은 경건한 마음으로 영상의 플레이 버튼을 클릭하였다.

그리고 잠시 후, 소진은 마치 모니터 속으로 빨려 들어가기라도 하듯 점점 더 영상에 심취하기 시작하였다.

이안을 놓친 아이언 스월은 분노한 것인지 미친 듯이 날뛰며 광산을 박살 내고 있었다.

그런데 조금 자세히 보면, 녀석은 그저 광산을 파괴하기만 하는 것이 아니었다.

광물들을 닥치는 대로 집어삼키며 점점 배를 불리고 있는 것이었다.

'아이언 스월이라더니, 광물을 먹고 자라는 놈인가?'

악령들과 광물을 집어삼킬 때마다 조금씩 더 커지는 녀석의 몸집.

그렇게 한 10여 분 정도가 지나자, 그렇지 않아도 비대했던 녀석의 몸집은 한 배 반 정도가량 더 자라났다.

'흠, 이 정도면 저 녀석의 공격 패턴은 거의 다 파악한 것

같은데…….'

까망이의 등에 엎드려 스웜의 시야를 피해 가며 녀석을 관찰하던 이안이 아무 생각 없이 스웜을 보고만 있던 것이 아니었다.

혹시 스웜의 약점이 드러날까 살피면서 녀석의 공격 패턴과 기술들을 파악해 둔 것이다.

'약점은 아직 못 찾았지만, 그래도 이 정도면 한번 덤벼 볼 만한데?'

강철 같은 외피를 지닌 스웜은 정말 약점이 전혀 보이지 않았다.

하지만 이안이 할 만하다 생각한 이유는 비교적 단순한 스웜의 공격 패턴 때문이었다.

괴랄한 공격력과 방어력을 가진 녀석이기는 하지만, 몸집이 비대한 나머지 움직임이 둔하고 정교하지 못한 것이다.

수많은 보스 패턴을 마스터한 이안에겐 오히려 단순해 보이기까지 하는 아이언 스웜의 움직임.

"홋차!"

까망이의 등에서 일어선 이안은 한차례 크게 심호흡을 하였다.

"까망이, 넌 여기 있어. 언제 탈출해야 할지 모르니까."

푸릉— 푸릉—!

까망이의 머리를 한차례 쓰다듬어 준 이안은 망설임 없이 스웜을 향해 뛰어내렸다.

녀석의 거대한 머리통에 직접 붙어서 약점을 찾아보려는 것이다.

쐐애액—!

날카로운 파공성과 함께, 녀석을 향해 떨어져 내리는 이안의 신형.

기다란 창대를 거꾸로 쥔 이안은 녀석의 뒤통수를 향해 있는 힘껏 그것을 내질렀다.

하지만 이안의 창이 결국 박힌 곳은 스웜의 뒤통수가 아닌 목덜미였다.

원래 목표했던 곳은 스웜의 뒤통수였지만, 녀석이 움직이는 바람에 뒷목에 내려앉게 된 것이다.

콰아앙—!

이어서 커다란 굉음이 울려 퍼지면서 이안의 창이 스웜의 뒷목에 틀어박혔다.

—에픽 몬스터 '마력의 아이언 스웜'에게 치명적인 피해를 입혔습니다!

—'마력의 아이언 스웜'의 생명력이 1만큼 감소합니다!

하지만 커다란 파열음과는 별개로 역시나 1의 피해밖에 입지 않는 아이언 스웜.

크워어어—!

이안의 공격을 느낀 아이언 스웜은 포효했고, 녀석의 등에 오른 이안은 미친 듯이 달렸다.

그리고 녀석이 몸을 뒤틀며 발작하기 시작했을 때, 이안은 몸을 날려 스웜의 목덜미에 돋아 있는 돌기를 두 손으로 꽉 움켜쥐었다.

다행히 아이언 스웜의 표피는 무척이나 울퉁불퉁해서 미끄러져 떨어질 염려는 크지 않았다.

'으, 머리로 올라가야 하는데……'

이안은 거대한 스웜의 뒤통수를 올려다보며, 이를 악물었다.

이안의 첫 번째 목표는, 아이언 스웜의 정수리.

대형 몬스터들의 약점은 머리에 있는 경우가 많았기 때문에, 이안은 어떻게든 그 위로 올라가 볼 생각이었다.

키에에엑-!

이안이 어디로 갔는지 찾지 못하자 약이 오르는지, 커다란 눈알을 굴리며 포효하는 아이언 스웜.

녀석의 목덜미에 대롱대롱 매달린 이안은 빠르게 무기를 스왑하였다.

-'용맹의 창' 아이템을 착용 해제하였습니다.

-'티버의 견고한 곡괭이' 아이템을 장착하였습니다.

이안이 뜬금없이 곡괭이를 꺼낸 이유는 다른 것이 아니었다.

어차피 무기를 사용해도 제대로 된 피해를 입힐 수 없으니, 그럴 바에 이동이라도 수월하게 만들기 위해 곡괭이를 꺼낸 것이다.

아예 바위 봉우리를 등반하기라도 하듯, 곡괭이를 이용해 녀석의 뒤통수를 올라 보려는 것이었다.

아이언 스웜의 표피가 마치 바위산의 그것과 비슷하였으니, 충분히 가능해 보이는 시도였다.

"흐읍!"

왼손으로 돌기 하나를 단단히 움켜 쥔 이안은, 오른손으로 쥔 곡괭이를 허공으로 높이 치켜 들었다.

그러고는 아이언 스웜의 표피를 향해 있는 힘껏 내리찍었다.

'박혀라!'

콰드득–!

그런데 다음 순간.

"……?"

이안의 눈앞에 전혀 생각지 못했던 시스템 메시지가 떠올랐다.

띠링–!

–채굴에 실패하였습니다.

–'티버의 견고한 곡괭이' 아이템의 내구도가 1만큼 감소합니다.

–에픽 몬스터 '마력의 아이언 스웜'에게 치명적인 피해를 입혔습니다!

–'마력의 아이언 스웜'의 생명력이 95만큼 감소합니다!

티버에게 받은 곡괭이에는 딱히 '공격력'이라는 스텟이 붙어 있지 않다.

때문에 곡괭이로 입힌 피해량의 99퍼센트는 이안의 캐릭터 자체가 가지고 있는 공격력에 의한 것일 터.

'그런데 대미지가 95나 박혔다고?'

제법 성능이 괜찮은 아이템인 '용맹의 창'으로 입힌 피해가 1에 수렴한다는 것을 생각해 보면, 이것은 그야말로 말도 되지 않는 상황인 것이다.

'뭐지? 이 곡괭이에 무슨 비밀이 있는 건가?'

정신이 번쩍 든 이안은 곡괭이를 다시 들어올렸다.

그리고 아이언 스월의 표피를 향해 연신 내리찍기 시작했다.

깡– 깡– 까앙–!

마치 광물을 채굴하기라도 하듯 몸에 배어 있는 능숙한 손놀림으로 곡괭이를 내려찍는 이안.

카일란에서 채광 기술의 기본은 정확한 자리에 균일한 힘으로 곡괭이질을 하는 것이다.

같은 자리에 얼마나 정교하게 곡괭이질을 하느냐에 따라, 채굴되는 광석의 품질이 결정되는 것.

따라서 수백 시간 넘게 곡괭이질을 해 본 이안의 손에는 그러한 채광 기술의 기본이 그대로 녹아 있었고, 이안의 곡괭이는 계속해서 같은 자리를 찍어 대었다.

크웨에엑–!

아이언 스웜은 점점 더 격렬하게 몸부림쳤지만, 이안은 악착같이 매달린 채 곡괭이질을 멈추지 않았다.

-채굴에 실패하였습니다.

-채굴에 실패하였습니다.

-'티버의 견고한 곡괭이' 아이템의 내구도가 1만큼 감소합니다.

-에픽 몬스터 '마력의 아이언 스웜'에게 치명적인 피해를 입혔습니다!

-'마력의 아이언 스웜'의 생명력이 127만큼 감소합니다!

-'마력의 아이언 스웜'의 생명력이 136만큼 감소합니다!

-'마력의 아이언 스웜'의 생명력이 152만큼 감소합니다!

그리고 곡괭이질이 계속될수록 이안의 표정은 점점 더 묘해졌다.

'이거, 채굴하듯 곡괭이질을 하니 조금씩 더 딜이 많이 들어가기는 하는데…….'

확실히 창을 휘두를 때보다는 훨씬 나아진 상황이었지만, 아직까지도 애매하기 그지없었다.

1이 되었건 100이 되었건 턱없이 부족한 대미지인 것은 마찬가지였으니 말이다.

그 정도의 대미지로 이 괴물을 처치하는 것은 사실상 불가능이나 다름없었다.

'조금만 더 생각해 보자. 분명 이 곡괭이에 답이 있는 것 같으니까.'

잠시 곡괭이질을 멈춘 이안은 스웜의 목덜미에 매달린 채 녀석의 몸뚱이를 둘러보았다.

그리고 잠시 후-.

뭔가를 발견한 이안의 두 눈이 커다랗게 확대되었다.

'혹시 저 푸른 반점이……?'

이안의 눈에 들어온 것은 아이언 스웜의 몸통 곳곳에서 반짝이고 있는 푸른 반점.

이것은 스웜이 뭔가를 먹어치울 때마다 생겨난 반점으로, 처음 녀석이 나타났을 때에는 없었던 것이다.

어쩌면 저 푸른 반점들이 스웜의 약점을 의미하는 것일지도 모르는 것이다.

"훗차!"

생각을 정리한 순간, 과감하게 몸을 날리는 이안!

타탓-!

이어서 가볍게 푸른 반점 위에 착지한 이안은 곧바로 곡괭이를 치켜들었다.

그리고 신중한 표정으로 다시 곡괭이질을 시작했다.

이번에는 제발 유의미한 수준의 대미지가 들어가길 바라면서 말이다.

깡- 까강- 깡-!

그런데 다음 순간.

"어?"

이안의 얼굴에는 지금까지보다도 더욱 당황스런 표정이

떠올라 있었다.

　-정확한 위치를 타격하였습니다.

　-광상鑛床의 결에 균열이 발생합니다.

　-채굴에 실패하였습니다.

　-'차원의 마력석 파편'을 획득하였습니다.

　-채굴에 실패하였습니다.

　-'차원의 마력석 파편'을 획득하였습니다.

이안은 당황하였다.

아이언 스윔의 약점이 드러난 것이라 생각하여 그곳을 공격한 것뿐이었는데, 뜬금없이 광물이 발견되었으니 말이다.

'광상'이란, 광물들이 응집되어 모여 있는 위치를 말하는데, 몬스터인 샌드웜의 표피에서 그것이 발견되었으니 이안으로선 당황스럽지 않을 수 없었다.

'이게 대체 뭐야? 이 몬스터 자체가 살아 있는 광산이라도 되는 거야?'

심지어 광상에 곡괭이질을 하자 샌드웜은 아예 1의 대미지조차 입지 않고 있었다.

이 푸른 반점이 의미하는 것이 약점이 아니라는 것은 이로써 확실해진 것이다.

더해서 여기까지 생각이 미치자, 이안은 조금씩 다른 방향으로 생각하게 되었다.

'어쩌면 이 아이언 스웜이라는 에픽 몬스터는 애초에 처치하라고 만들어 놓은 몬스터가 아닐지도 몰라.'

푸른 반점이 의미하는 것이 약점이 아니라 광석 채굴이 가능한 포인트를 의미하는 것이라면, 이것은 둘도 없는 기회일지도 몰랐다.

그리고 생각을 달리하자, 이안은 지금부터 뭘 해야 할지 명확히 깨달을 수 있었다.

'그래, 움직이는 광산에서 채굴을 한다고 생각하자. 난이도는 좀 극악하지만……. 그래도 충분히 해 볼 만한 가치는 있어.'

이안은 먼저 인벤토리를 열어, 방금 획득한 차원의 마력석 파편 아이템의 정보를 확인해 보았다.

이 파편도 쓸모가 있는 물건인지 확인이 필요했으니 말이다.

차원의 마력석 파편

분류 : 잡화　　　　　　　　　　**등급 : 없음**

차원의 숲 광산에서만 채굴되는 광석인 '차원의 마력석' 파편이다.

파편을 열 개 모아 대장장이 티버에게 가져다주면 일정 확률로 온전한 '차원의 마력석'으로 복원이 가능하다.

복원에 실패한 파편은 그 자리에서 소멸된다.

　정보 창을 확인한 이안의 입꼬리가 슬며시 말려 올라갔다.

　비록 실패 확률이 있다고는 하지만, 파편을 모아 원석을 만들어 내는 것이 가능하다면 이 거대한 아이언 스웜은 그야말로 노다지나 다름없었다.

　크워어— 크워억—!

　등에 달라붙어서 곡괭이질 하는 이안이 성가진 건지, 계속해서 몸을 비틀어 대는 아이언 스웜.

　하지만 찰거머리처럼 그 위에 달라붙은 이안은 전혀 떨어져 줄 생각이 없었다.

　이제는 아예 자리를 잡고, 이곳에서 파밍할 생각이었으니 말이다.

　"내가 파편 한 5천 개 뽑아먹을 때까진 여기서 안 움직일 거다, 이 자식아."

　아이언 스웜을 협박하는 것인지, 아니면 자신에게 하는 다짐인 건지 무시무시한 발언을 한 이안은, 곡괭이로 만들어 낸 홈 사이에 두 발을 끼워 넣었다.

　그리고 온몸이 단단히 고정되자, 다시금 진지한(?) 표정으로 곡괭이질을 시작하였다.

　깡— 깡— 깡—!

한손으로 매달려 곡괭이질을 할 때보다, 몇 배 이상 안정적인 이안의 손놀림!

이안이 스웜의 표피에 곡괭이를 때려 박을 때마다 푸른 파동이 그 주위에 넘실거리기 시작하였다.

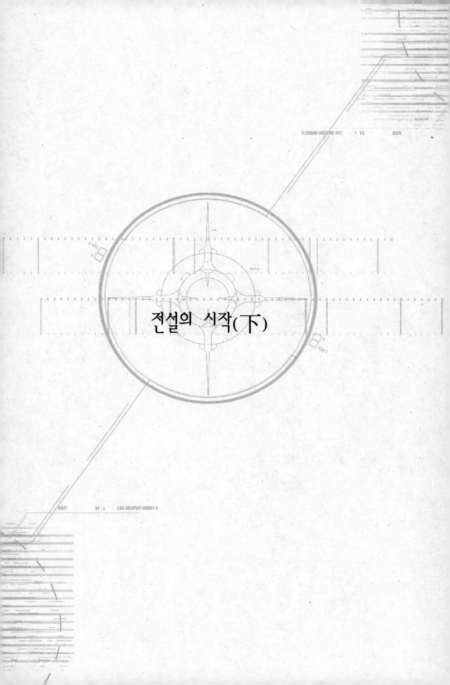

전설의 시작(下)

Taming Master

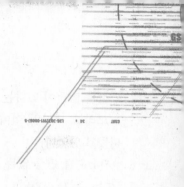

딸랑- 딸랑- 따라랑-.

문간에 붙어 있는 차임벨이 촐싹맞게 울려 퍼지며 누군가 문안으로 쪼르르 들어왔다.

그리고 그에 이어서 촉새 같은 목소리가 사무실 안으로 쏘아졌다.

"엄마, 오늘 수업 끝나고 팀플 있다니까 왜 또 부르고 그래?"

목소리의 주인공은 바로 세미.

지금 그녀의 목소리에는 단단히 뿔이 나 있었다.

수업이 끝나자마자 쏜살같이 캡슐 방에 갈 계획이었는데, 엄마의 호출로 인해 플랜이 망가졌기 때문이었다.

물론 팀플이 있다는 것은 새빨간 거짓말.

그리고 세미의 어머니인 미진은 그녀의 거짓말을 완벽히 꿰뚫고 있었다.

"너 오늘 팀플 없는 거 다 알거든?"

"누, 누가 그래?"

"이미 엄마가 영훈이한테 다 전화해 봤지."

"우씨!"

"그러니까 잔말 말고 가게 좀 봐 줘. 3시간 안으로는 돌아올 테니까."

미진은 쿨하게 짐을 싸서 사무실을 나가 버렸고, 세미는 망연자실한 표정이 되고 말았다.

'우씨, 엄마가 3시간이라고 했으면 최소 5시간은 걸리는 건데……'

어쩌다 엄마의 일이 늦어지기라도 하면, 카일란을 플레이할 계획이었던 오후 타임 전부를 날려 버리게 될지도 모르는 일.

'영훈이 이 치사한 자식……!'

카일란 라이벌인 영훈의 음모라고 생각한 세미는 두 손을 꾹 말아 쥔 채 부르르 떨었다.

내일 학교에서 만나면 어퍼컷이라도 한 대 먹여 줄 생각이었다.

"에휴, 가게 보는 거 너무 지루한데……."

힘없는 목소리로 중얼거린 세미는 사무실 구석에 있는 냉장고를 능숙하게 열어 아이스크림을 입에 물었다.

세미의 어머니가 하시는 일은 부동산 사무실.

부동산이라는 업종 특징상 몇 시간 내내 손님 하나 오지 않는 경우도 많기 때문에, 활달한 세미의 성격상 무척이나 지루한 일이라고 할 수 있었다.

'차라리 손님이라도 좀 많이 오면 좋겠는데……'

시무룩한 표정이 된 세미는 모니터를 켜 인터넷에 접속하였다.

카일란 커뮤니티라도 돌아다니면서, 랭커들의 게임 영상이나 재생해 볼 생각이었다.

당연한 얘기겠지만, 세미에게 검색 1순위 랭커는 바로 이안.

'그동안 우리 이안느님 영상 새로 뜬 건 없으려나?'

그리고 못 보던 이안의 영상을 발견한 세미는 신이 나서 헤드셋까지 착용하고 감상하기 시작하였다.

마치 본인이 게임을 플레이하기라도 하는 듯 점점 모니터 안으로 빨려 들어가는 세미.

그런데 바로 그때.

딸랑— 따라랑—.

갑자기 사무실의 문이 다시 열리며 또다시 차임벨이 울려 퍼졌다.

당연히 문을 연 사람이 어머니 미진이라고 생각한 세미
는 모니터에서 눈을 떼지 않은 채 뾰로통한 목소리로 입을
열었다.

"엄마 또 왜 왔어? 뭐 놓고 갔어?"

하지만 세미의 물음에도 불구하고 적막만이 감도는 사무
실.

세미는 대답이 돌아오지 않자 헤드셋을 벗고 자리에서 일
어났다.

그리고 누군가를 발견한 그녀의 동공이 천천히 확대되기
시작하였다.

"어, 어어, 당신은……?"

마치 못 볼 것을 보기라도 한 듯 가늘게 떨리기 시작하는
세미의 동공.

이어서 세미를 향해 부동산의 문을 열고 들어온 사내가 천
천히 입을 열었다.

그리고 사내의 어투는 무척이나 어눌했다.

"나, 요기. 집, 사러 왔어용."

끊임없이 몸부림치는 괴물의 등에 매달려 있는 것은 결코
쉽지 않은 일이다.

그리고 당연한 이야기겠지만, 그 위에서 곡괭이질을 한다
는 것은 더욱 하드코어한 난이도일 수밖에 없었다.

깡– 까강– 깡–!

하지만 이안은, 정말 놀라운 집중력으로 그 고난이도의 파
밍을 해내고 있었다.

–곡괭이가 빗나갔습니다.

–광상의 결에 균열이 발생합니다.

–채굴에 실패하였습니다.

–'차원의 마력석 파편'을 획득하였습니다.

벌써 20분째.

스웜의 등딱지에 매달려 쉼 없이 곡괭이를 틀어박고 있는
이안의 무시무시한 집중력.

덕분에 이안의 인벤토리 안에는 벌써 수백 개도 넘는 마력
석 파편이 빼곡하게 채워져 있었다.

"크으, 분위기 좋고!"

이제 매달리는 데 요령까지 붙은 것인지 여유로움마저 묻
어나는 이안의 표정.

심지어 이안의 인벤토리 안에 들어 있는 마력석 중에는 파
편이 아닌 온전한 완제품도 포함되어 있었다.

–정확한 위치에 타격을 가했습니다!

–온전한 상태의 원석이 드러납니다.

－채굴에 성공하였습니다!

－'차원의 마력석' 아이템을 획득하였습니다.

이안은 이 악조건 속에서 채굴에 성공하기까지 한 것이다.

"크흐흐, 크흐흐훗!"

그리고 이것은 정말 대단한 노력의 부산물이라 할 수 있었다.

미동하지 않고 가만히 있는 광맥에서 광물을 채굴하는 작업만 해도 쉽지 않은 일이건만, 끊임없이 움직이는 스웜의 등에 매달린 채로 완벽한 곡괭이질을 해냈다는 뜻이니 말이다.

그리하여 이안이 지금까지 채굴에 성공한 온전한 차원의 마력석만 해도, 이미 다섯 개나 되는 상황.

"좋았어, 하나 더!"

물론 이미 인벤토리에 있는 광물들만으로 퀘스트 조건을 달성할 수 있을 것 같았지만, 이안은 여기서 멈출 생각이 없었다.

이 살아 있는 광산(?)의 광맥에서는 마력석 파편 말고도 알 수 없는 광물들이 채굴되곤 했으니 말이다.

－채굴에 성공하였습니다!

－'차원의 합성석(미감정)' 아이템을 획득하였습니다.

－채굴에 성공하였습니다!

－'차원의 마법석(미감정)' 아이템을 획득하였습니다.

아직까지 정보 창이 미공개 상태이기는 했지만, 분명 어디엔가 쓸모가 있어 보이는 다양한 광석들.

아마 티버에게 이 광물들을 가지고 가면 뭐에 쓰는 물건인지 알아낼 수 있으리라.

'카일란에서 쓸모없는 잡템이란 존재하지 않는 법이지.'

때문에 이안은, 스웜이 죽거나 곡괭이가 다 닳아 없어지기 전까지 이 친구를 놓아줄 생각이 없었다.

키에엑- 키아아오!

고통스러운 건지 짜증나는 건지, 연신 기괴한 울음을 터뜨리는 아이언 스웜!

"아파도 조금만 참자, 친구야. 곡괭이 다 닳을 때까지만 기다려 줘."

아이언 스웜에게 무시무시하기 그지없는 말을 속삭인 이안은 계속해서 곡괭이를 휘둘러 대었다.

까앙- 깡- 까가강-!

누군가 본다면 혀를 내두를 정도로 묘기에 가까운 이안의 채광 기술!

이안은 정말 곡괭이가 다 닳아 없어져야 움직임을 멈출 기세로, 눈에 불을 켜고 곡괭이질을 이어 갔다.

-고난이도의 채굴을 성공하셨습니다.

-완벽한 원석을 발견하였습니다!

-채굴 숙련도가 상승합니다.

－'빛나는 차원의 마력석' 아이템을 획득하셨습니다!

심지어 아이언 스웜을 상대하는 동안 채굴 숙련도까지 상승한 이안은 이제 곡괭이질에 흥이 붙는 경지에 이르렀다.

'이제 곡괭이 내구도는 한 7천 정도 남아 있는 것 같으니, 앞으로 한 3시간 정도는 이 녀석을 더 괴롭혀 줄 수 있으려나?'

하지만 이안의 그 무서운 다짐은 결국 실현될 수 없었다.

－차원의 힘이 이동을 시작합니다.

－광맥에 충만하던 차원의 기운이 조금씩 빠져나갑니다.

처음 광산에 도착했을 때처럼 메시지가 떠오르더니, 미니맵상에 나타나 있던 푸른 기운들이 서서히 사라지기 시작한 것이다.

"아, 이런……. 설마 너도 저 기운 따라서 사라지는 건 아니겠지?"

스웜에게 대화라도 시도하려는 것인지, 입맛을 다시며 중얼거리는 이안.

그리고 이안의 말이 끝나기가 무섭게 하늘로 솟아오른 아이언 스웜은 그대로 다시 바닥을 향해 머리를 들이밀었다.

처음 녀석이 등장하며 만들었던 어둡고 거대한 굴속으로 말이다.

쿠쿵－ 쿠쿠쿵－!

거대한 진동음과 함께 마치 빨려 들어가듯 굴속으로 사라지는 아이언 스윔.

광석 하나라도 더 채굴하기 위해 녀석의 등에 붙어 있던 이안은 어쩔 수 없이 바깥으로 뛰어내려야만 했다.

녀석과 함께 빨려 들어갔다간, 그대로 게임 오버될 느낌이었으니 말이다.

타탓-!

아이언 스윔의 비늘을 발판 삼아 있는 힘껏 뛰어오른 이안의 신형이 그대로 바닥을 구르며 뿌연 먼지 속에 파묻히고 말았다.

"콜록, 켁 케켁-!"

쏟아지는 돌가루와 먼지바람 때문에 이안은 눈조차 제대로 뜨지 못했다.

하지만 그런 와중에도 이안의 표정은 싱글벙글하기 그지 없었다.

"크으, 조금 아쉽긴 하지만 만족스런 노동이었다."

헤벌쭉한 표정으로 먼지 속에서 빠져나온 이안은 광산 여기저기 흩뿌려져 있는 푸른 광석 조각들을 수거하기 위해 다가갔다.

이안이 아이언 스윔 위에서 곡괭이질할 때마다 떨어져 나간 파편들이 바닥 여기저기에 흩어져 있던 것이다.

"자, 이제 싹 다 수거해 놓고 정산 한번 해 볼까?"

이안은 무너진 광산의 구석구석까지 샅샅이 뒤지며 마력

석 파편을 전부 챙겨 모았다.

그리고 오픈한 이안의 인벤토리에는 입이 쩍 벌어질 만큼 많은 양의 광물들이 쌓여 있었다.

-차원의 마력석×6

-차원의 마력석 파편×871

-차원의 합성석×5

-차원의 마법석×8

-차원의 강화석×15

한바탕 아이언 스웜과의 혈투가 끝난 뒤, 이안이 가장 먼저 한 것은 남아 있는 시간을 확인하는 것이었다.

'지금 시간이 오후 5시니까 대충 7시간 정도 남았네.'

차원의 숲 레이드 맵은 정오부터 오픈되어서 자정에 닫히게 된다.

그리고 그 시간 동안 퀘스트 조건을 충족하지 못하면 퀘스트에 실패하게 되는 방식이다.

때문에 시간적 여유가 얼마나 있는 것인지를 가장 먼저 확인해 본 것이다.

하지만 남은 시간을 확인한 이안은 멋쩍은 표정이 되어 버렸다.

생각했던 것보다 너무 많은 시간이 남아 버렸기 때문이었다.

'이거, 너무 격렬하게 작업을 했더니 시간이 많이 지난 것처럼 느껴졌나?'

아이언 스웜의 등딱지에 적어도 몇 시간 단위로 붙어 있었다고 생각했는데, 막상 시간을 재어 보니 1시간 정도밖에 지나지 않았던 것.

남은 시간에 비해 필요 이상으로 많은 성과를 올린 이안은, 옷에 잔뜩 쌓인 먼지를 털어 내며 행복한 고민을 시작하였다.

'어쩌지? 일단 마을 가서 파편들 먼저 광석으로 만들어 보고 결정해야 하나?'

지금 이안이 보유한 온전한 마력석은 총 여섯 개다.

하지만 파편의 경우 거의 구백 개에 육박하는 엄청난 물량을 가지고 있었다.

파편 열 개를 모아 마력석이 될 확률이 얼마나 될는지는 아직 알 수 없었지만.

성공 확률이 절반만 된다고 가정해도 이미 오십 개에 가까운 마력석을 확보한 것이다.

'어차피 마력석 열네 개 이상은 딱히 쓸모도 없을 텐데……'

이안이 수행 중인 퀘스트의 정보 창에 따르면 채굴한 마력석 한 개당 100의 공헌도를 획득할 수 있다.

그런데 획득 가능한 최대 공헌도가 1,400으로 한정되어 있으니, 그 이상의 마력석들은 쓸모가 없어진 것이다.

물론 내일 주어질 새로운 연계 퀘스트에서 다시 쓸모가 생길 수도 있었지만 그런 것은 의미가 없었다.

이 맵에서 빠져나가는 순간, 광물들은 전부 소멸되어 버리니 말이다.

'일단 더 채굴하는 건 의미가 없으니 요새로 돌아가 보긴 해야겠고, 남은 마력석들은 어떻게 활용한다…….'

핀을 소환하여 위에 올라탄 이안은, 처음 출발했던 티버의 막사를 향해 빠르게 비행하기 시작했다.

고민이야 이동하는 중에 하여도 충분했으니, 일단 막사로 돌아가기로 결정한 것이다.

그리고 핀의 머리 위에서 열심히 머리를 굴리던 이안의 머릿속에, 잉여자원(?)을 활용할 아주 좋은 생각이 떠올랐다.

"여, 티버, 혹시 지금 바빠요?"

차원의 요새 서문의 바로 앞에 있는 티버의 막사.

막사의 문이 열리며 낯익은 목소리가 들려오자, 티버는 고개를 돌리며 반갑게 인사했다.

"오, 이안. 무사히 돌아왔군. 어떤가. 채굴은 좀 할 만하던 가?"

"예, 티버, 할 만큼 한 것 같아서, 잠깐 돌아왔습니다. 물론 다시 나가긴 할 건데, 그 전에 정리 좀 해 보려고요."

이안의 대답을 들은 티버는 살짝 의아한 표정이 되었다.

방금 이안이 말한 '할 만큼 했다'라는 말이 뭔가 어색하게 들렸기 때문이었다.

'음, 아직 채굴 출발한 시간으로부터 다섯 시간 정도밖에 지나지 않았고, 이 친구 성격상 그 정도 채굴한 수준으로 만족했을 리 없는데…….'

티버는 대장장이이기도 하지만 숙련된 채굴꾼이기도 하였다.

이 용사의 마을에서 대장장이 일을 하기 위해선 채굴 스킬도 필수적으로 필요하니 말이다.

직접 채굴을 하지 않으면 광물들을 수급하기가 상당히 어렵기 때문에 티버는 그동안 주기적으로 채굴에 나서기도 했던 것.

그리고 당연한 얘기겠지만, 그는 차원의 마력석 채굴도 수없이 많이 해 보았다.

'초보 광부 기준으로, 이 시간쯤 채굴했으면 많아야 광석 두세 개쯤 건졌을 텐데…….'

티버의 표정은 점점 의아함에서 흥미로움으로 바뀌어 갔다.

만약 할 만큼 했다는 말을 한 사람이 이안이 아니었더라면 호통을 쳤겠지만, 그가 아는 이안은 기대를 저버린 적이 없기 때문이었다.

티버의 말이 다시 이어졌다.

"호오, 할 만큼 했다라……. 그럼 어디 한번 채굴한 광물들을 보여 줘 보겠나?"

티버의 말에 이안은 고개를 끄덕이며, 인벤토리를 열어 광물들을 풀어놓기 시작하였다.

그리고 바닥에 광물들이 하나씩 늘어날수록 티버의 입은 점점 더 크게 벌어졌다.

"……!"

끽해야 두세 개, 많아야 너댓 개 정도의 마력석을 꺼낼 것이라 생각했건만, 정말 말도 안 되는 수준의 광물을 꺼냈으니 말이다.

"아, 아직도 남은 게 더 있는가?"

계속해서 인벤토리를 뒤적거리는 이안을 보며 당황한 티버는 말을 더듬었다.

그리고 그런 그를 향해, 이안은 피식 웃으며 대답하였다.

"뭘 그렇게 놀라고 그래요. 이제 절반 정도 꺼냈는데."

"저, 절반……?"

어이없다는 표정을 지은 티버는 이내 허탈하게 웃어 보였다.

대체 5시간 동안 나가서 무슨 짓을 벌인 건지, 일반적인 광부들이 꼬박 며칠 동안 채굴해야 모을 법한 양의 광물이 쌓이고 있었으니 말이다.

'대체 뭐 하는 놈이지, 이놈은? 광산을 통째로 퍼다가 가져온 건가?'

여섯 개나 되는 차원의 마력석과 서른 개에 육박하는 다른 광물들도 놀라웠지만, 티버가 가장 놀란 것은 끝없이 쏟아져 나오는 마력석의 파편이었다.

물론 마력석 파편은 마력석보다 훨씬 채굴하기 쉬운 게 맞았지만, 그렇다고 해서 이렇게 홍수 같은 양을 채굴할 수는 없는 것이니 말이다.

티버는 떨리는 목소리로 이안을 향해 다시 입을 열었다.

"자네……."

"네?"

"혹시 그거, 어디서 훔쳐온 건 아니지?"

말이 안 된다는 걸 잘 알면서도, 혹시나 해서 물어보는 티버.

당연히 이안은, 어이없다는 표정이 되어 고개를 절레절레 저었다.

"무슨 그리 섭한 말씀을……! 티버 님이 주신 곡괭이로 일일이 캐낸 광물들이란 말입죠."

모든 광물을 쏟아낸 이안은 싱글벙글 웃으며 손을 탁탁 털었다.

그는 지금 기분이 무척이나 좋은 상태였다.

'흐흐, 티버가 놀라는 표정을 보니, 대박난 게 확실한가 본데?'

아이언 스웜과의 사투는 결코 쉽지 않았다.

결과적으로 잘 끝나기는 했지만, 목숨이 위험했던 적도 몇 번이나 있었던 것이다.

이런 사투 끝에 얻어 낸 결과물이니 당연히 훌륭할 것이라는 생각은 했었지만, 그게 어느 정도 대박인지는 가늠하지 못했었다.

'하지만 이제 확실히 알 수 있지.'

씨익 웃은 이안은 티버의 모루를 향해 천천히 걸어갔다.

그리고 모루에 놓여 있던 망치를 슬쩍 움켜쥔 뒤 티버를 향해 능글거리는 목소리로 입을 열었다.

"자, 티버."

"응?"

"이 파편들, 여기서 정제하면 되는 거 맞죠?"

"어, 어. 맞아."

어딘가 혼이 나간 듯 보이는 티버를 향해 피식 웃은 이안이 다시 말을 이었다.

"그럼 지금부터, 저 좀 도와주시겠어요?"

도와달라는 이안의 말에 정신을 차린 티버는 황급히 고개를 끄덕이며 모루를 향해 뛰어왔다.

"그래. 도와줘야지. 지금 마력석 한 개가 급한 상황인데 말이야."

그리고 정신 차린 티버(?)와 함께, 이안의 두 번째 노가다가 시작되었다.

깡— 깡— 까앙—!

—'차원의 마력석 파편×1'을 소모합니다.

—'차원의 마력석 파편×1'을 소모합니다.

……중략……

—마력의 파편을 봉합하는 데 성공하였습니다.

—'차원의 마력석 파편×10'을 정제하기 시작합니다.

—'차원의 마력석'을 정제하는 데 성공하였습니다!

—'차원의 마력석'아이템을 획득하셨습니다!

물론 채굴 노가다와 비교한다면 귀여운 수준의 노가다라 할 수 있는 마력석 정제.

하지만 파편의 숫자가 거의 구백 개에 가깝다 보니, 이 정제작업만도 거의 30~40분 이상의 시간이 소요되었다.

깡— 까강— 깡—!

—'차원의 마력석'을 정제하는 데 성공하였습니다!

—'차원의 마력석'을 정제하는 데 실패하였습니다!

—'차원의 마력석 파편×10' 아이템이 소멸합니다.

—'차원의 마력석'을 정제하는 데 성공하였습니다!

-'차원의 마력석'아이템을 획득하셨습니다!

그리하여 이안의 인벤토리에 모인 차원의 마력석 숫자는…….

"둘, 셋, 넷……. 총 칠십 개쯤 모였네요, 티버."

"커, 커험. 그렇구먼."

파편도 아니고 온전한 마력석만 무려 칠십 개나 된 것이다.

잠시 멍한 표정으로 있던 티버는 다시 이안을 향해 입을 열었다.

"그럼 이안, 이 마력석들 전부 다 수비대장님께 가져갈 겐가?"

하지만 티버의 물음에, 이안은 바로 고개를 절레절레 저었다.

"아뇨, 티버. 수비대장님께는 딱 열네 개만 가져다드릴 거예요."

"열네 개? 흠, 그만큼만 해도 충분히 훌륭한 양이기는 하네만. 혹시 나머지 마력석들은 쓸 곳이 있는 겐가?"

이안이 열네 개의 마력석만을 퀘스트에 쓰는 이유는 당연히 최대 공헌도 때문이었다.

마력석이 열네 개가 넘어가면 그 뒤부터는 더 이상 공헌도가 오르지 않으니 말이다.

하지만 이러한 사실을 모르는 티버로서는 그저 의아하기만 할 뿐이었다.

"네, 나머지 마력석은 제가 좀 써야 할 곳이 있어서요."

"그렇군."

티버는 이안이 마력석을 어디에 쓰려는지 궁금하기는 했지만, 더 캐묻지는 않았다.

어차피 이 요새에서 함께 임무를 진행하는 한 자연히 알게 될 것이라 생각했으니 말이다.

그런데 그때, 이안이 또다시 티버에게 질문을 던졌다.

"그나저나 티버."

"음……?"

"이 다른 광물들 좀 감정해 주실 수 있을까요?"

이안이 얻은 차원의 광물들은 마력석을 제외하고도 총 세 가지나 더 있었다.

하지만 다른 광물들은 정보가 봉인되어 있었기에, 티버에게 감정해 달라 부탁한 것.

티버는 당연히 고개를 끄덕이며 이안이 건네는 광물들을 받아 들었다.

"물론이지. 감정이야 크게 어렵지 않으니, 잠시만 기다리시게."

그리고 한 5분 정도가 지났을까?

모든 광물들의 감정을 끝낸 티버가 이안에게 다시 그것들을 돌려주었다.

이안은 합성석부터 시작하여 차례대로 읽어 보기 시작하

였다.

차원의 합성석

분류 : 잡화　　　　　　　　　　**등급 : 희귀(초월)**

차원의 마력이 담겨 있는 합성석입니다.

두 개 이상의 '차원의 힘이 담긴 물건'을 합성할 때, 성공률을 높여 줄 수 있는 광물입니다.

합성석이 있어야만 장비를 합성할 수 있습니다.

*차원의 숲 바깥으로 가지고 나가도 소멸하지 않습니다.

*용사의 협곡 안에서만 사용이 가능합니다.

"오호?"

합성석의 정보 창을 확인한 이안은 흥미로운 표정이 되었다.

아직 해 보지는 않아서 정확히 알 수는 없지만, 아이템 합성이라는 재밌어 보이는 콘텐츠가 등장했으니 말이다.

'아직 천룡군장 템보다 더 좋은 건 못 만들었는데……. 합성을 이용하면 더 상위 장비도 만들 수 있으려나?'

그리고 이안이 다음으로 확인한 아이템은 차원의 마법석이었다.

차원의 마법석

분류 : 잡화　　　　　　　　　　**등급 : 희귀(초월)**

차원의 마력이 담겨 있는 마법석입니다.

'차원의 힘이 담긴 물건'에 한하여 마법을 부여할 수 있습니다.
마법이 부여된 장비에는 랜덤한 고유 능력이 생성됩니다.
*차원의 숲 바깥으로 가지고 나가도 소멸하지 않습니다.
*용사의 협곡 안에서만 사용이 가능합니다.

차원의 마법석도 합성석과 마찬가지로, 장비의 스펙을 올려 줄 수 있는 새로운 콘텐츠가 담겨 있는 광물이었다.

"흐흐, 이렇게 되면 당연히……. 마지막 강화석의 정보는 안 봐도 알 수 있겠군."

그리고 세 개의 광물 중 가장 많은 물량을 획득한 차원의 강화석.

차원의 강화석

분류 : 잡화   **등급 :** 일반(초월)
차원의 마력이 담겨 있는 강화석입니다.
'차원의 힘이 담긴 물건'에 한하여 그것의 성능을 강화할 수 있습니다.
*최대 +10단계까지 강화가 가능합니다.
*강화 단계가 올라갈수록 성공률이 감소합니다.
(+3단계까지는 100퍼센트의 확률로 성공합니다.)
*차원의 숲 바깥으로 가지고 나가도 소멸하지 않습니다.
*용사의 협곡 안에서만 사용이 가능합니다.

그리고 차원의 강화석 역시 이안이 예상했던 대로였다.

다름 아닌 아이템의 강화 등급을 올리는 데 사용하는 광물이었던 것.

"크으!"

감정받은 광물들의 정보를 전부 다 읽은 이안의 입에서 자신도 모르게 감탄사가 터져 나왔다.

아직까지 차원의 숲 이벤트 맵이 닫히려면 거의 7시간이 남은 상황.

이 남은 시간 동안 무슨 일을 해야 가장 효율적일지 이안은 명확히 알 수 있었다.

'좋아. 남은 7시간 동안은 다른 광물들을 최대한 모아야겠어.'

머릿속으로 계획을 정리한 이안은 티버에게 마지막 인사를 하였다.

"고마워요, 티버. 덕분에 깔끔하게 정리가 됐네요."

"하하, 내가 뭘 한 게 있다고. 자네가 대단하지."

그리고 막사를 나서기 전, 인벤토리 구석에 남겨 두었던 마지막 광물을 꺼내어 티버에게 보여 주었다.

"그런데 티버."

"마지막으로 이 광물 좀 봐주실 수 있으세요?"

"……?"

"지금까지 보여 드렸던 광물들이랑은 좀 다른 것 같아서요."

그리고 그것을 확인한 티버의 동공이 급격히 떨리기 시작하였다.

"다들 무사히 탈출하신 것 맞죠?"
"으, 갑자기 그렇게 말도 안 되는 괴물이 튀어나올 줄이
야……. 전 무사합니다, 요나스 님!"
"저도 무사해요."
"저도 잘 빠져나왔습니다."
파티장 '요나스'의 말에, 파티원은 저마다 생존 신고(?)를
하며 먼지구덩이 바깥으로 기어 나왔다.
그리고 뿌연 먼지를 뒤집어쓴 유저들 중에는 훈이도 있
었다.
'쳇, 확실히 괴물 같은 놈이기는 했지만, 공략해 볼 생각조
차 안 하고 도망치다니.'
훈이의 입은 지금 삐죽 튀어나와 있었다.
파티의 리더인 요나스의 리딩이 마음에 들지 않았던 것
이다.
'료이카 님의 광역힐이라면, 충분히 버티면서 약점을 찾아
볼 여력이 있었을 텐데…….'
방금 전 훈이 일행은 '아이언 스웜'이라는 이름의 거대한
에픽 몬스터를 만났다.

그리고 그 결과, 지금의 상황처럼 모두가 먼지더미를 뒤집 어쓴 채 광산 뒤편으로 피신하게 되었고 말이다.

'저 요나스라는 녀석, 신의 말판 때부터 참 마음에 안 드는 놈이었어. 대체 저 실력으로 리더를 왜 하겠다고 한 거야?'

지금 파티의 리더인 요나스는 신의 말판 전장에서 천군 진영의 첫 턴을 받았던 돌격대장 유저였다.

전장이 열리자마자 바로 삽질하여 천군 진영의 사기를 푹 꺾어 놓았던 장본인.

때문에 훈이는, 처음부터 요나스가 마음에 들지 않았었다.

다만 너무 자신 있게 파티 리더를 자처해서 그에게 리더를 맡겨 놓았을 뿐.

'이안 형이었다면 죽이 되든 밥이 되든 분명 싸워 봤을 텐데 말이지.'

게다가 항상 로터스의 길드 파티를 리드하던 이안의 통솔력과 비교하기 시작하자, 훈이는 녀석이 더욱 마음에 안 들었다.

훈이는 어느새 모든 기준을, 이안에 맞춰 비교하기 시작한 것이다.

그런데 그때, 속으로 툴툴거리던 훈이의 귓전으로 천상의 목소리(?)가 흘러들어왔다.

"훈이 님, 무사하셨네요. 다치신 덴 없는 거죠?"

목소리의 주인공은, 다름 아닌 료이카!

걱정 어린 그녀의 물음에, 훈이는 언제 불만이었냐는 듯 다시 헤실헤실 웃기 시작했다.

"다치다니요. 제가 말입니까? 어둠의 군주를 너무 과소평가하시는군요, 후후."

생명력 게이지가 절반도 채 남지 않았지만, 뻔뻔하기 짝이 없는 표정으로 활짝 웃는 훈이!

놀라운 것은, 료이카가 그런 훈이의 허세에 제법 장단을 잘 맞춰 준다는 점이었다.

"역시 훈이 님은 대단해요! 저는 괴물이 날뛰는 통에 정말 죽을 뻔했는데……."

"하, 하하."

료이카와 대화하는 훈이의 얼굴에는 근심걱정 따위 찾아볼 수가 없었다.

파티 리더의 오더가 마음에 들지 않으며, 퀘스트가 잘 풀리지 않고 있음에도 말이다.

듣고 있노라면 모든 근심 걱정이 사라지는, 천상의 소리와도 같은 료이카의 목소리.

하지만 료이카의 입에서 다시 '채광'이라는 단어가 나온 순간, 훈이는 잊고 있던 현실을 다시 떠올릴 수밖에 없었다.

"어쨌든 이제 괴물은 사라졌으니, 다시 빨리 채광하러 움직여야겠어요."

"그, 그러게요."

"다행히 바로 근처에 있는 광맥으로 차원의 기운이 옮겨 간 것 같으니. 서둘러 움직여 보도록 하죠."

료이카의 말에 고개를 끄덕인 훈이는, 다른 파티원을 한 번씩 살펴보았다.

그들도 료이카와 마찬가지로 미니 맵을 확인한 것인지, 빠르게 정비를 마치고 다음 광산을 향해 이동할 준비를 하고 있었다.

'다들 마음이 급해 보이긴 하네.'

현재 훈이의 인벤토리에는, 총 네 개의 차원의 마력석이 들어 있었다.

퀘스트 완료 최소 조건인 여섯 개까지도, 아직 두 개나 부족한 상황.

대부분의 파티원이 훈이와 비슷한 상황이거나 한 개쯤 더 모자란 상태일 것이었다.

'남은 시간은 5시간 정도……. 두 개 정도 더 캐는 게 불가능하진 않겠지만, 진짜 아슬아슬할지도 모르겠어.'

훈이는 살짝 안타까운 표정으로 료이카를 힐끔 응시했다.

그가 알기로, 현재 료이카의 인벤토리에 있는 마력석은 총 세 개.

높은 확률로 퀘스트 실패가 뜰 수도 있는, 위험한 상황인 것이다.

'내가 세 개를 더 캐서 료이카 님께 하나 드려야 하는

데······.'

카일란을 플레이한 후 처음(?)으로 누군가를 걱정하기 시작하는 훈이.

한편 훈이의 걱정과 별개로 정비를 마친 파티원은 다시 또 이동하기 위해 빠르게 대열을 갖추었다.

"또 어떤 에픽 몬스터가 나타날지 모르지, 흩어지지 말고 함께 움직입시다."

짧게 오더를 마친 요나스가 앞장서 움직이기 시작하자, 그 뒤로 파티원이 따라붙었다.

그리고 훈이 또한 마지못한 표정으로 파티의 뒤쪽에 따라붙었다.

파티가 마음에 들지 않을지라도, 혼자서 채광 퀘스트를 진행하는 건 무리였으니 말이다.

'료이카 님만 아니었으면, 지금이라도 이안 형 찾아가는 게 나을 것 같기도······.'

한차례 입맛을 다신 훈이는 옆에서 걷고 있는 료이카를 힐끔 응시하였다.

그러자 꿀꿀해졌던 기분이 다시 빠르게 정화되는 것을 느낄 수 있었다.

"헤헤."

자신도 모르게, 또 한차례 헤벌쭉 웃음을 흘리는 훈이!

하지만 훈이의 실없는 웃음은 오래도록 이어질 수 없었다.

파티의 목적지였던 다음 광맥에 도착하자마자, 너무도 낯익은 뒷모습을 발견했으니 말이다.

"저, 저 형이 어떻게 벌써 여기에……?"

이안이 아닌 일반 유저들 기준에서 광산 진입의 순서는 다음과 같았다.

1. 미니 맵에 떠오른 차원의 기운을 확인한다.

2. 차원의 기운이 모여 있는 광맥을 향해 이동한다.

3. 광맥에서 광물들을 갉아먹고 있는 악령들을 퇴치한다.

4. 돌아가면서 다른 몬스터들의 침입을 막고, 나머지는 채굴을 시작한다.

때문에 훈이는 당황할 수밖에 없었다.

'미니 맵 확인하고 온 거면 우리보다 빠를 수가 없는데……?'

방금 전까지 훈이 일행이 있던 광맥은 이곳과 고작 5분 거리밖에 되지 않는 가장 가까운 광맥이었다.

때문에 훈이의 파티보다 빠르게 광맥에 도착해 있는 것은 불가능에 가까웠다.

그런데 지금 훈이의 눈앞에 있는 이안은, 먼저 도착한 것을 넘어 여유롭게 곡괭이질을 하고 있었다.

이미 수십 마리도 넘는 악령들을 전부 때려눕힌 뒤 말이다.

미리 이곳에 와서 기다리고 있었던 게 아니라면, 이런 일은 불가능하다 할 수 있었다.

'저 형이 또 무슨 말도 안 되는 공략법을 찾아낸 건가?'

훈이의 눈동자에, 또다시 불신의 빛이 어렸다.

그의 머릿속에는, 당장 이안에게 달려가 어떻게 된 일이냐고 물어보고 싶은 마음뿐.

하지만 심란한 훈이의 머릿속과는 별개로, 광산 안쪽에서는 규칙적인 곡괭이질 소리만이 묵묵히 퍼져 나올 뿐이었다.

깡- 깡- 깡-!

그리고 뒤늦게 이안을 발견한 다른 파티원도 웅성거리기 시작하였다.

"저 사람, 대체 어떻게 벌써 와 있는 거지?"

"운이 좋았던 거 아닐까요? 마침 이 옆을 지나고 있었는데, 미니 맵에 불이 들어왔다든가……."

"세이플 님 말씀이 맞는 것 같네요. 그게 아니라면 이렇게 빨리 광맥에 도착해 있을 수 없겠죠."

"뭐, 어찌 됐든 잘되었네요. 저분이 악령들을 퇴치해 놓으신 덕에, 좀 편하게 자리 잡을 수 있겠어요."

이안과 수많은 시간을 동고동락한 훈이는 그의 뒤통수만 살짝 봐도 이안임을 알아볼 수 있다.

하지만 다른 유저들은 달랐다.

신의 말판 전장에서만 잠깐 함께했던 랭커들이 대부분이었기 때문에.

　멀리서 보고는 그저 '어떤 유저'라고 생각한 것이다.

　하지만 조금 더 다가가자 모두가 이안을 알아볼 수 있었다.

　광맥의 입구에서 망을 보고 있는(?) 이안의 마스코트 뿍뿍이를 발견했으니 말이다.

　"앗, 저기!"

　"뿍뿍이가 있어요!"

　"안에서 채굴 중인 유저가 이안 님인가 봅니다."

　"오호, 이안 님도 드디어 정예 찍고 메인 퀘 진입하셨군요."

　뿍뿍이를 발견한 파티원은 그의 앞으로 우르르 몰려들었다.

　뿍뿍이는 어느새 전 서버 카일란 유저들이 아는 유명인사가 되어 있었다.

　"여기서 뭐 하니, 뿍뿍아?"

　미국 서버의 랭커 세이플의 물음에, 뿍뿍이는 도도한 표정으로 대꾸하였다.

　"뿌뿍. 여기에 아무도 못 들어오게 지키고 있었다뿍."

　"그, 그래?"

　생각지 못했던 대답에, 살짝 당황한 세이플.

　하지만 뿍뿍이의 말이 이어지자, 훈이를 제외한 파티원은 전부 피식거리며 실소를 흘릴 수밖에 없었다.

"뿍, 주인이 여길 지키라고 했지만, 예쁜 누나가 있으니 들여보내 주겠뿍."

뿍뿍이가 등껍질을 씰룩거리며 료이카의 앞으로 다가왔으니 말이다.

훈이의 따가운 눈초리가 느껴지기는 했지만, 뿍뿍이는 모른 척 무시하였다.

그리고 뿍뿍이를 발견한 료이카의 두 눈에서는 하트가 쏟아져 나오기 시작하였다.

"어머, 이안 님 거북이잖아! 너무 귀여워!"

"난 뿍뿍이다, 예쁜 누나. 거북이라고 부르지 말아 줬으면 좋겠뿍."

"그래, 알겠어, 뿍뿍아. 저 안쪽에는 이안 님이 계신 거지?"

"그렇뿍. 우리 주인, 하루 종일 곡괭이질만 하고 있다뿍. 심심해 죽겠뿍."

"오, 그래?"

이어서 이안에게 훈이 못지않게 경쟁심을 느끼고 있는 요나스는 뿍뿍이에게 재빨리 궁금했던 부분을 물어보았다.

"그럼 뿍뿍아, 이안 님은 광물 좀 많이 채굴하셨니? 들어온 지 얼마 되지 않으셨을 텐데, 마력석 한두 개 정도는 채굴하셨을까?"

직접적으로 물어본 것은 요나스였지만, 그것은 파티원 대부분이 궁금했던 부분이었고, 때문에 모두는 뿍뿍이의 다음 대답을 숨죽여 기다렸다.

그리고 잠시 후, 뿍뿍이의 말이 이어졌다.

"음, 마력석이 뭔지 잘 모른다뿍. 하지만 확실한 건 두 개는 아닐 거다뿍."

뿍뿍이의 대답에, 훈이와 요나스의 얼굴에 동시에 화색이 돌았다.

두 개를 채굴하지 못했다면, 아직 하나 정도밖에 얻지 못한 것일 테니 말이다.

"그, 그래?"

"역시 그렇지?"

거의 동시에 주먹을 불끈 쥐며 환호(?)하는 요나스와 훈이.

하지만 두 사람의 환희가 혼돈 속으로 사라지는 데는, 몇 초도 채 걸리지 않았다.

"그렇뿍. 왜냐면 아까 티버한테 갔다 오는 길에, 주인이 광석이 너무 많아서 걱정이라고 했다뿍."

"……?"

"너무 많아서 걱정……이라고?"

"그렇뿍. 우리 주인 아까 수비대장한테 칭찬도 받았뿍."

"뭐, 뭐라고?"

"주인한테 용사의 마을 최고의 광부라고 했뿍. 그리고 멋지게 생긴 곡괭이도 하나 선물해 줬뿍."

뻑뻑이의 말에, 유저들의 시선이 일제히 이안을 향해 쏟아졌다.

조금 더 정확히 말하자면, 이안이 쉴 새 없이 놀리고 있는 곡괭이를 향해 쏟아진 것.

그리고 다음 순간, 훈이의 입에서 허탈함이 가득 찬 중얼거림이 흘러나왔다.

"고, 곡괭이가 황금색이잖아?"

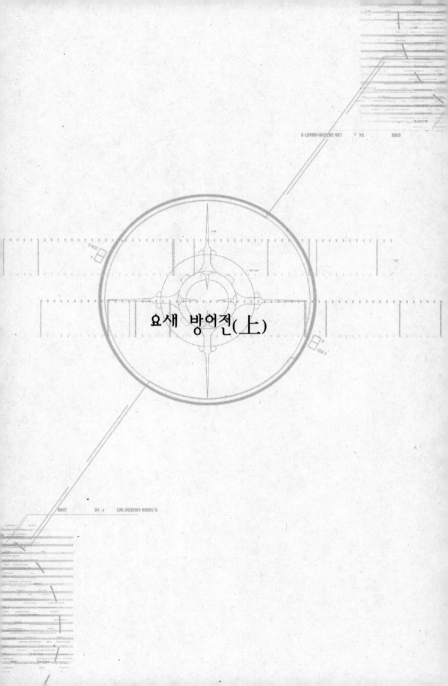

요새 방어전(上)

Taming
Master

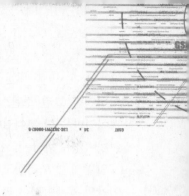

생각지 못한 상황에서 이안을 만난 훈이의 파티원은 혼란에 빠져들었다.

그들의 상식으로는 도저히 이 상황이 이해되지 않았으니 말이다.

"이안 님, 그 곡괭이는 대체 뭔가요? 혹시 히든 아이템인가요?"

"과, 광물은 대체 몇 개를 채굴하신 겁니까? 생산 직업으로 광부 클래스라도 갖고 계신 건가요?"

"혹시 서버에 몇 명 없다던 고급 채광술 보유자?"

이안에게 다가와 질문 세례를 퍼부어 대는 천군 진영의 랭커들.

하지만 그런 소란스러움에도 불구하고 이안은 묵묵히 곡괭이질만을 할 뿐이었다.

깡- 깡- 까앙-!

일말의 흐트러짐조차 없는, 규칙적이고 청명하기까지한 이안의 곡괭이질 소리.

이어서 답답해하는 랭커들을 향해, 옆에 있던 뿍뿍이가 대신 대답해 주었다.

"주인은 원래 한번 채굴을 시작하면 말을 걸어도 대답하지 않는다뿍. 아마 뭐라도 하나 캐고 난 다음에야 대답해 줄 거다뿍."

뿍뿍이의 말에 몇몇 랭커들은 살짝 기분이 상할 뻔했지만, 이해 가지 않는 부분은 아니었기에 일단은 기다려 보기로 하였다.

채광은 극도의 집중력을 요하기 때문에, 누군가와 대화를 하면서 할 만한 작업이 아니니 말이다.

요나스를 비롯한 랭커들은, 질문 공세를 펼치는 대신 이안이 어떤 식으로 채굴하는지 자세히 지켜보기로 했다.

깡- 깡- 까앙-!

황금빛 곡괭이가 떨어져 내릴 때마다, 뭉텅이로 부서져 나가는 광산의 바윗덩이들.

그리고 그 규칙적인 곡괭이질이 이어지면 이어질수록, 석벽 안에 숨어 있던 푸른 광물이 천천히 그 모습을 드러내기 시작했다.

깡– 깡– 깡–!

마치 광물을 조각하기라도 하듯, 세심하게 움직이는 이안의 황금 곡괭이!

그리고 그렇게 5분 여 정도가 지났을 때였다.

툭.

붉은 빛으로 찬란히 빛나는 신비한 광석이 이안의 앞으로 다소곳이(?) 굴러 내려왔다.

이어서 그 광경을 지켜보던 랭커들의 입에서 짧은 탄성이 새어 나왔다.

"아……!"

"엄청나잖아!"

랭커들이 이토록 놀라는 것은 사실 당연한 부분이라고 할 수 있다.

그들이 마력석을 채굴할 때와는 비교도 안 되게 안정적이고 빠른 속도의 채굴이었으니 말이다.

일반적으로 마력석을 채굴하기 위해선 못해도 15분 정도 끙끙거리며 곡괭이질을 해야 한다.

그럼에도 불구하고 무척이나 높은 확률로 마력석이 손상되어 채광에 실패하게 된다.

한데 이안은 달랐다.

고작 5분 여 만에 광석을 파 내는 데 성공하였으며, 그 안정적인 곡괭이질을 보고 있노라면 '실패' 따위와는 무척이나 거리가 멀어 보였다.

물론 방금 이안이 채굴해 낸 광석이 차원의 마력석은 아닌 것 같았지만, 그렇다고 해서 다른 광물을 채광하는 게 더 쉬운 것도 아니었다.

그리고 더욱 이해하기 힘든 것은, 딱히 곡괭이질이 더 빠른 것도 아니라는 점.

어쨌든 채굴을 성공적으로 마친 이안은, 슬슬 자신을 둘러싼 어린 양들을 향해 시선을 돌렸다.

모든 것은, 이안이 계획했던 대로 흘러가고 있었다.

채굴 과정을 보여 준 것조차 이안이 짠 '설계'의 일환이었던 것이다.

'후후, 이쯤 됐으면 다들 슬슬 안달이 나기 시작했겠지?'

훈이를 시작으로 요나스까지.

낯익은 얼굴들을 한 번 둘러본 이안은 짐짓 놀란 듯한 표정을 지으며 그들을 향해 입을 열었다.

"오, 너무 집중하느라 여러분께서 오신지 몰랐습니다. 이거 죄송하네요."

이안의 진정성 넘치는(?) 사과를 들은 요나스는 고개를 저으며 대답하였다.

"아닙니다, 이안 님. 채굴이라는 게 엄청난 집중력을 필요로 하더라고요. 이해합니다."

"이해해 주신다니, 다행이네요."

씨익 웃어 보인 이안이 다시 말을 이었다.

"그나저나 역시, 다들 마력석은 충분히 채굴하셨나 보군요."

"……?"

"다들 채굴이 끝나셔서 제 노가다를 구경하고 계셨던 것 아닙니까?"

이안의 대사를 들은 일행들은 벙 찐 표정이 되었고, 훈이만이 얄밉다는 듯한 표정으로 이안을 향해 입을 삐죽 내밀고 있었다.

'저 형, 다 알면서 저러는 거 같은데.'

그리고 잠시 동안의 정적이 지난 이후 한차례 침을 꿀꺽 삼킨 요나스가 이안을 향해 다시 입을 열었다.

"저흰 아직 채굴을 더 해야 하는데……. 이안 님은 혹시 마력석을 충분히 캐신 겁니까?"

이안은 기다렸다는 듯, 요나스 말에 고개를 끄덕이며 대답하였다.

"물론입니다. 이미 전 퀘스트는 완료했거든요."

그러자 이번에는 옆에 있던 세이플이 반사적으로 이안에게 물었다.

"그렇다면 왜 아직도 채굴을……?"

그에 이안은 대답 대신 씨익 웃으며 방금 채광한 붉은 광석을 보여 주었다.

"전 이런 녀석들이 필요해서 남아 있었습니다. 마력석이야 넘쳐나는데, 다른 광물들을 좀 더 모아 두고 싶어서 말이지요."

"아……."

이어서 원하는 판을 까는 데 성공한 이안은, 은근한 표정으로 천천히 다시 입을 열기 시작했다.

그리고 그런 이안의 표정에, 훈이는 순간 악마의 형상이 겹쳐 보이는 듯한 착각을 받았다.

"여러분, 혹시 제가 제안을 하나 해도 되겠습니까?"

이안의 인벤토리에 수없이 쌓여 있는 차원의 마력석들.

그리고 이안이 생각해 낸 잉여 마력석들의 활용 방법은 그리 복잡한 것이 아니었다.

아이언 스월에 대한 비밀을 풀지 못한 다른 랭커들은 분명히 마력석이 부족한 상황일 테니, 이 마력석을 미끼로 그들을 부려먹을 생각을 한 것이다.

그렇다면 이안은 이들의 노동력(?)으로 대체 뭘 하려는 계획이었을까?

"이 붉은 광석은 '차원의 합성석'이라는 광물입니다, 여러분."

"알고 있습니다. 처음에 마력석인 줄 알고 잘못 채굴해서 한 개 가지고 있거든요."

"그렇군요. 그렇다면 혹시, 이 자줏빛 광석과 백색의 광물도 갖고 계신 분이 있으십니까?"

이안의 물음에, 몇몇 랭커들이 쭈뼛거리며 하나둘 손을 들었다.

그에 이안은 고개를 끄덕이며 말을 잇기 시작하였다.

"여러분도 정보 창을 확인하셨다면 아시겠지만, 하얀 녀석이 차원의 마법석. 그리고 자줏빛을 띄는 녀석은 차원의 강화석입니다."

랭커들은 이안의 다음 말을 기다렸고, 이안은 천천히 말을 잇기 시작하였다.

"지금부터 제가 하고 싶은 제안은, 바로 '물물교환'입니다."

"······?"

"여러분이 가지신 합성석과 마법석, 그리고 강화석을 마력석으로 교환해 드리도록 하죠."

"오오······!"

이안의 폭탄 선언에, 듣고 있던 랭커들의 눈이 반짝이기 시작하였다.

"정말입니까, 이안 님?"

"저, 저부터 바꿔 주세요! 저 강화석 세 개나 가지고 있습니다!"

하지만 이안의 말이 여기서 끝일 리 없었다.

이안은 흥분한 사람들을 잠시 진정시킨 뒤, 다시 설명을 이어 갔다.

"아직 제 제안은 끝나지 않았습니다, 여러분."

"……!"

"여러분도 아시다시피, 마력석의 채굴이 다른 광석들에 비해 훨씬 어렵습니다. 그러니 당연히 1:1 교환은 성립할 수 없지요."

"그렇다면……?"

잠시 뜸을 들여 모두를 긴장케 한 이안은 양손을 비비며 씨익 웃어 보였다.

"합성석과 마법석은 세 개당 하나. 강화석은 다섯 개당 하나의 비율로 교환해 드리겠습니다. 어떻습니까, 이 정도면 제법 괜찮은 조건이죠?"

이안의 설명에, 가장 앞쪽에서 듣고 있던 요나스가 벌떡 일어나며 반론을 제기하였다.

"물론 마력석의 채굴이 더 어려운 건 맞지만, 비율이 너무 높은 것 아닙니까, 이안 님?"

"음?"

"사실 강화석은 몰라도 합성석이나 마법석은……. 마력석 못지않게 채굴이 오래 걸리는 광물이지 않습니까."

사실 요나스의 말은 틀리지 않았다.

이안도 분명히 알고 있는 사실이니 말이다.

하지만 요나스는, 한 가지를 빼먹고 말하였다.

"후후, 물론 그렇기는 하지만, 한 가지 놓치신 부분이 있네요."

"……?"

"마력석의 경우 차원의 힘을 쫓아다니며 채굴해야 하지만, 그 외 다른 광물들은 어떤 광산에서든 채굴된다는 겁니다."

"엇……. 그, 그런가요?"

이안의 말에, 요나스는 살짝 놀란 표정이 되었다.

이것은 방금 이안에게 듣기 전까지 전혀 몰랐던 사실이었으니 말이다.

이안은 속으로 피식 웃으며 중얼거렸다.

'지금까지 계속 차원의 기운만 쫓아다니며 채굴했을 테니, 이런 걸 알 수가 없었겠지.'

이안의 말이 다시 이어졌다.

"차원의 숲 초입으로 가면, 차원의 기운이 잘 머물지 않는 커다란 광맥이 한 곳 있습니다."

그리고 이안의 거래 제안이 제법 괜찮을지도 모르겠다는 생각이 든 랭커들은, 침묵한 채 그의 말을 경청하기 시작하였다.

"지금부터 저와 함께 그곳으로 가서 오늘 차원의 포털이 닫히기 전까지 최대한 많은 광물들을 채굴해 주시면 됩니다."

이어서 이안은, 어느새 자신의 앞에 놓아둔 세 종류의 광물을 한차례씩 가리키며 말을 이어 갔다.

"비율은 아까도 말씀드렸다시피 마법석과 합성석이 3 : 1이고 강화석이 5 : 1입니다. 음, 아마 제 예상대로라면, 5시간 바싹 채굴하셨을 때 한 분당 서너 개 정도의 마력석은 교환하실 수 있겠군요. 채굴에 소질이 있으신 분이라면, 대여섯 개까지도 가능할지도 모르고요."

그리고 이안의 마지막 대사는 무척이나 결정적이었다.

한 사람당 마력석 서너 개를 확보할 수 있을 것이라는 그 한마디.

랭커들 대부분이 퀘스트의 최소 조건조차 간당간당한 상황이었기 때문에, 이안의 제안이 너무나도 달콤하게 들린 것이다.

이안에 대해 누구보다 잘 안다고 자부하는 훈이조차 동공이 떨리기 시작했을 정도이니 다른 유저들이야 말할 것도 없는 상황이었다.

"그, 그렇게만 된다면, 퀘스트는 어렵지 않게 클리어되겠어!"

"맞아. 차원의 기운이 없는 곳에서도 채굴이 된다면, 안정적으로 채광만 할 수 있을 거야."

"그렇지. 차원의 기운이 없는 곳에는 몬스터가 몰려들지 않으니까."

"좋았어. 이 조건대로라면 충분히 광물을 대량 채굴하는 게 가능해. 지금부터 빨리 채굴을 시작해서, 마력석을 최대한 확보해야겠어!"

머릿속에서 계산이 끝났는지, 들떠서 서로 이야기를 주고받는 랭커들.

그런 그들을 보며, 이안은 새어나오려는 웃음을 겨우겨우 눌러 참고 있었다.

'크크, 역시……! 머리 좋은 친구들이 이 좋은 제안을 거절할 리가 없지.'

이안이 짜 놓은 이 설계는, 사실 무척이나 치밀한 것이었다.

마력석 한 개당 교환 가능한 광물의 비율조차도 이안의 계산 하에 치밀하게 설계된 것이다.

'이 비율대로라면, 저 친구들이 아무리 채광을 잘 해도 마력석 서너 개밖에 교환하지 못할 거야. 그러면 결국 공헌도 1천조차 확보하기 힘들겠지.'

마력석을 교환해 주면서도 최대 공헌도는 자신을 넘지 못하게 하려는 이안의 꼼꼼한 설계 능력!

이안은 자신의 잔머리가 만족스러웠는지 저도 모르게 흐뭇한 미소를 짓고 있었고, 그의 옆에 선 뿅뿅이는 뭔가 무섭다는 듯한 표정으로 그를 응시했다.

'사이비 교주 같은 주인이다뿅.'

그런데 그때, 뭔가 머리를 열심히 굴리던 요나스가 이안을 향해 제법 날카로운 질문을 하나 던졌다.

"그나저나 이안 님."

"말씀하시죠."

"방금 말씀하신 제안이 분명 매력적이기는 하지만, 그 전에 확인해야 할 부분이 하나 있지 않겠습니까?"

"확인해야 할 부분이라면……?"

인벤토리에서 마력석 하나를 꺼내 든 요나스가 그것을 가리키며 다시 말을 이었다.

"우리가 이안 님을 믿고 다른 광물을 채굴하러 가려면 이 마력석을 얼마나 확보하고 계신지 먼저 보여 주셔야 하지 않을까요?"

요나스의 말을 들은 다른 랭커들의 시선 또한 다시 이안을 향해 모여들었다.

요나스가 말한 부분은 그들의 입장에서 무척이나 중요한 것이었기 때문이었다.

그리고 이안 또한 그것을 모르지 않기 때문에 씨익 웃으며 인벤토리 한편을 공개하였다.

"혹시 여기 숫자 보이십니까?"

"······!"

"정확히 예순 개 있습니다."

"미, 미친······!"

이안의 인벤토리 구석에 들어 차 있는, 예순 개의 차원의 마력석들.

그 숫자를 확인한 랭커들은 그대로 벙 찐 표정이 되고 말았다.

"지금 바로 출발하시지요. 최대한 빨리 채굴을 시작하셔야, 한 개라도 마력석을 더 확보하시지 않겠습니까?"

"어, 엄청나군요."

꿀 먹은 벙어리처럼, 이안이 공개한 인벤토리를 다시 한 번 확인하는 랭커들.

그리고 그런 그들을 향해, 쐐기와도 같은 이안의 한마디가 추가로 덧붙여졌다.

"가장 많은 광물을 채굴하신 분께는, 마력석을 추가로 한 개 더 얹어 드리겠습니다."

"······!"

"자, 이 광맥은 곧 몬스터들이 몰려올 테니, 우리 초입에 있는 1번 광산에서 다시 모이도록 해 볼까요?"

그리고 이안의 말이 끝나기가 무섭게 랭커들은 너 나 할 것 없이 순식간에 광산 밖으로 뛰어 나가기 시작하였다.

차원의 합성석과 마법석, 그리고 강화석.

　이 세 종류의 광물들은 분명 용사의 마을 '신규 콘텐츠' 핵심 아이템이라고 할 수 있다.

　그리고 이러한 부분에 대해선, 당연히 이안을 제외한 다른 랭커들도 충분히 인지하고 있었다.

　그렇다면 랭커들은 이안의 제안을 왜 그토록 쉽게 수용해 버린 것일까?

　그 이유는 크게 두 가지로 나눌 수 있었다.

　첫째, 이 용사의 마을 안에서는 '메인 퀘스트 성공'이 가장 우선시 되어야 할 과제이다.

　메인 퀘스트로 받을 수 있는 공헌도도 중요하지만, 그보다 메인 퀘스트를 성공하지 못하면 남들보다 하루 이상 뒤처지게 되기 때문이다.

　쉽게 말해 오늘 채굴 퀘스트를 실패하게 된다면 다음 날 리트라이를 해야 하고, 그동안 다른 랭커들은 다음 퀘스트를 진행하게 되는 것이다.

　그렇게 되면 퀘스트를 성공한 유저들에 비해 복합적으로 유무형의 손해를 보게 되는 것.

　더해서 이런 차이가 쌓이다 보면, 결국은 눈덩이처럼 그 크기가 불어나 나중에는 메울 수 없는 격차로 만들어지게 될 것이다.

때문에 지금 마음이 조급한 랭커들에게 '차원의 마력석'은 그 무엇과도 바꿀 수 없을 만큼 높은 가치를 지니게 되어 버렸다고 할 수 있다.

둘째, 이안이 생각하는 광물들의 가치와 다른 랭커들이 생각하는 광물의 가치 사이에 큰 차이가 있다.

앞서 설명했듯, 랭커들은 합성석과 마법석, 강화석이 중요한 신규 콘텐츠의 일부라는 것을 알고 있다.

용사의 마을 내에서 쓸 수 있는 아이템들을 강력하게 강화시켜 줄 수 있는 광물들이니 말이다.

하지만 그들은 이 광물들의 가치를 결국 용사의 마을로 한정 지어 생각하고 있었다.

어차피 용사의 마을 퀘스트가 전부 끝나고 나면, 여기서 만든 아이템들은 전부 소멸되거나 놓고 나가야 할 테니 말이다.

아무리 좋은 아이템을 만들어 봐야 한계가 명확하다는 생각이 저변에 깔려 있으니, 다소 무리인 듯한 이안의 조건에도 선뜻 고개를 끄덕이게 된 것.

어차피 이 콘텐츠가 끝나면 무가치해질 일회성 아이템들이라는 생각이 있다 보니, 그다지 아깝게 느껴지지 않은 것이다.

하지만 이안은 다른 유저들이 모르는 한 가지의 사실을 알고 있었다.

'후후, 나중에 빛나는 마력석의 존재를 알게 된다면, 다들 땅을 치고 후회하겠지.'

오직 이안만이 채굴하는 데 성공한 광물인, 빛나는 차원의 마력석.

이 광물에 바로, 숨겨진 콘텐츠가 있었다.

'빛나는 차원의 마력석'의 정보 창은 다음과 같았다.

빛나는 차원의 마력석

분류 : 잡화   **등급 : 유일(초월)**

한계를 초월한 차원의 마력이 담겨 있는 마력석입니다.

'차원의 힘이 담긴 물건'에 한하여 그것의 봉인을 해제할 수 있습니다.

봉인이 해제된 장비는 숨겨져 있던 잠재력이 개방되며 장비의 성능이 한 차원 강화됩니다.

봉인이 해제된 장비는 용사의 협곡 밖에서도 사용이 가능합니다.

*한 아이템에 1회에 한해 사용이 가능합니다.

(이미 봉인이 해제되어 있는 아이템에는 사용이 불가합니다.)

지금까지 이안조차도, 단 하나밖에 얻지 못한 희귀한 마력석.

그리고 이 마력석의 존재는 차원 장비들의 가치에 대한 판도를 완전히 뒤집어 놓는 것이라 할 수 있었다.

장비의 성능을 한 차원 강화한다는 부분도 충분히 매력적이었지만, 봉인을 해제할 시 '협곡 밖에서도 사용이 가능하게 된다'는 부분이 정말 파격적이었던 것이다.

'으흐흐, 지금까지 광산에서 한 번도 안 나오는 걸 보면 아마 이건 아이언 스웜에게서만 획득할 수 있는 광물인지도 몰라.'

빛나는 마력석을 떠올릴 때마다 조금씩 말려 올라가는 이안의 입꼬리.

'내가 따로 정보를 풀지 않는 한 한동안은 정보를 독점할 수 있겠지.'

인벤토리에 쌓이게 될 수많은 광물들을 떠올린 이안의 입에 자신도 모르게 음흉한 미소가 자리 잡았다.

용사의 마을에서 재화로 사용되는 '영웅 점수'는 아직도 넘쳐났다.

이 상황에서 광물만 충분히 확보된다면 어마어마한 초월 장비를 하나 제작해 낼 수 있을 것 같았으니 말이다.

기분이 좋아진 이안은 채굴 노예(?)들을 감독하기 위해 광산을 한 바퀴 돌기 시작했다.

깡- 깡- 깡-!

너 나 할 것 없이 땀을 뻘뻘 흘리며, 최대한 많은 광물들을 확보하기 위해 노력하는 여섯 명의 랭커들.

더욱 흡족한 표정이 된 이안은, 광산의 가장 안쪽에서 채굴중인 훈이에게 슬쩍 다가가 말을 걸었다.

"훈이, 채굴은 좀 잘돼 가시나?"

그리고 이안의 물음에, 훈이는 인상을 팍 쓰며 대꾸하였다.

"나 지금 바쁘니까 말 걸지 말아 줄래, 형?"

"후후, 그래. 열심히 채굴하도록. 그래도 마계 광산에서 일했던 경험이 있어서 네가 제일 잘하는 것 같네."

깡– 깡– 깡–!

이제는 아예, 대꾸조차 하지 않고 곡괭이질에 집중하는 훈이.

그런 훈이를 보자 이안의 머릿속에 30분 전에 있었던 일이 다시 떠올랐다.

'이 녀석, 대체 무슨 꿍꿍이인 걸까?'

그것은 이안과 랭커들 사이의 단기 노예 계약(?)이 체결된 직후의 일이었다.

"훈이, 넌 왜 안 가냐? 난 니가 제일 먼저 뛰어나갈 줄 알았는데."

"……."

"이거, 나한테 아쉬운 소리 할 때 나오는 표정인 것 같은데……. 뭐 부탁할 거라도 있어?"

"귀, 귀신!"

"똥 마려운 강아지처럼 쭈뼛거리지 말고 빨리 얘기나 해
봐."

이안과의 계약을 이행하기 위해 곧바로 뛰어나간 랭커들
과 달리, 훈이는 이안의 앞에 남았다.
이안에게 뭔가, 할 말이 있었던 훈이.
그리고 훈이에게서 들었던 이야기는, 무척이나 흥미로운
것이었다.

"형, 내가 광물 진짜 열심히 캘 테니까 내 몫으로 마력석
스무 개만 확보해 주면 안 될까?"
"뭐……? 열 개도 아니고 스무 개?"
"응."
"스무 개나 가져가서 뭐 하게?"
"쓰, 쓸 데가 있어."
"흠? 지금까지 못해도 마력석 너댓 개는 캤을 것 같은데,
열 개 정도만 더 있으면 최대 공헌도 채우는 거 아냐?"
"……."
"그럼 남는 열 개는 어디다 쓰려고 하는 건데?"
"그건…… 비밀이야."

사실 이안은, 애초에 마력석 열 개는 훈이를 위해 남겨 둘

생각을 하고 있었다.

훈이 또한 어차피 로터스의 전력이었으니, 다른 랭커들보다 우선적으로 성장해야 하는 것이다.

하지만 열 개도 아니고 스무 개를 확보해 달라는 말을 할줄은 이안조차도 전혀 예상하지 못했던 부분이었다.

'훈이 이 녀석이 대체 무슨 생각을 하고 있는 건지 궁금한데…….'

이안이 아무리 머리를 굴려 보아도 전혀 짐작조차 할 수 없는 훈이의 꿍꿍이속.

그래서 이안은, 훈이의 옆에 첩보요원을 하나 붙여 놓기로 했다.

그 요원의 이름은 뿍뿍이였다.

"아니, 그러니까……. 다른 조건 좋은 곳도 많은데 꼭 여기를 사셔야 한다는 건가요?"

"맞아욥. 105동 2502호. 나는 꼭 여길 살 거에욥."

"대체 왜요? 팔 생각도 없어 보이는 주인한테 굳이 사려하지 말고, 3층에 나와 있는 물건 사시면 되잖아요. 아니, 그전에…… 옆 동에는 2천이나 싼 물건이 있는데…….'

세미의 엄마이자 세미부동산의 대표인 미진은 지금 무척

이나 당혹스런 손님을 상대하고 있었다.

지금까지 20년 가까이 부동산 사무실을 운영하면서, 완전히 처음 보는 유형의 손님을 만난 것이다.

까만 머리에 새하얀 피부를 가진, 이국적인 생김새를 한 귀공자 스타일의 젊은 미남자.

처음 세미에게 이 별난 손님을 인계받았을 때 미진은 적잖이 당황했었다.

그녀는 영어를 할 줄 몰랐고, 때문에 의사소통이 불가능할 것이라 여겼으니 말이다.

하지만 다행히, 남자는 한국말을 할 줄 알았다.

발음이 요상하긴 해도, 제법 높은 수준의 어휘까지 구사하였으니 의사소통에는 전혀 지장이 없었던 것이다.

그러나 문제는 다른 곳에 있었다.

이 남자가 원하는 부동산의 조건이 무척이나 특이했으니 말이다.

아니, '조건'이라고 말할 것도 없었다.

그냥 이 남자가 원하는 것은, 특정 아파트 단지의 특정 동. 그중에서도 25층의 2호실 아파트였다.

"대체 105동 2502호여야 하는 이유가 뭔가요? 이유라도 좀 들어본 다음에 방법을 찾아봅시다."

"이유는 말할 수 없어용. 그냥 그 집이 필요해용."

"아니, 애초에 매물로 나와 있지도 않은 집을 어떻게 산다는 건지…….."

"집주인한테 직접 전화하면 되잖아욥. 아까 보니까 번호도 아시는 것 같던데."

"……."

"이 집의 원래 시세가 얼마라고 했죠?"

막무가내로 우기는 괴상한 손님을 보며, 미진은 포기한 듯 고개를 절레절레 저었다.

'이 아파트는 딱히 투자가치도 없는데…….'

하지만 손님을 내쫓을 수도 없는 노릇이니 일단 대답은 해주기로 하였다.

"그냥 시세만 놓고 보면 여기가 25평형이니까……."

모니터를 잠시 들여다보던 미진이 천천히 입을 열었다.

"대충 7.2억 정도가 시세라고 보면 되겠네요."

사실 미진은, 아파트의 시세를 살짝 높여서 말한 것이었다.

생각보다 비싸면 포기하고 다른 물건을 알아볼까 싶어서 말이다.

하지만 이어진 외국인 손님의 말은 미진이 전혀 예상치 못했던 방향으로 흘러가기 시작했다.

"7.2억이면, 70만 달러…… 정도 되겠군욥."

"환율 계산하면…… 대충 그 정도 되겠죠?"

미진의 대꾸에, 남자는 의아한 표정으로 고개를 갸웃거

렸다.

"생각보다 많이 싸네욥. 이안갓이 이런 빈민촌에 살 줄 은……."

"예? 이안갓? 그게 누구죠?"

알 수 없는 말을 중얼거리는 외국인을 보며, 이제는 아예 황당한 표정이 되어 버린 미진이었다.

그리고 이어진 남자의 말은, 그녀의 머릿속을 더욱 혼란에 빠지게 만들기에 충분하였다.

"좋아욥. 내가 150만 달러 드릴게욥."

"에?"

"이 돈이면 2502호, 살 수 있겠죠?"

"그, 그야……."

"그 집 아니면 필요 없어요. 그 집을 꼭 사 줘야 해욥."

"아니, 아무리 그래도 무슨 7억짜리 집을 사는 데 15억을 불러요?"

미진은 지금 황당한 것을 넘어, 이 남자가 자신에게 장난을 치고 있는 것은 아닐까 의심되기 시작하였다.

'이거 미친놈 아니야? 경찰이라도 부를까?'

하지만 다음 순간, 미진은 경찰에 전화하는 대신 2502호 집주인의 번호를 눌러야만 했다.

남자가 가방에서 돈다발을 꺼내 들더니, 미진의 앞에 턱 하고 내놓았으니 말이다.

"……!"

"내일까지 계약서 쓸 수 있게 해 주세욥. 그럼 중개비도 세 배로 드릴 테니까."

여기저기서 곡괭이질 소리가 울려 퍼지는 광산의 깊은 심처.

그 안에서도 가장 깊숙한 밀실에 한 남자가 끊임없이 곡괭이를 휘두르고 있었다.

깡- 깡- 까앙-!

동굴의 천정부에 박혀 있는 조명이 반사되며, 황금빛 광채를 번쩍번쩍 뿜어내는 남자의 곡괭이!

그리고 능숙한 움직임으로 연신 곡괭이를 찍고 있는 남자의 곁에는 거북이 한 마리가 머리만 쑥 내민 채 엎어져 있었다.

아니, 사실 머리를 내민 것 같지는 않았다.

애초에 녀석의 머리는 등껍질에 과연 들어갈지 의문스러운 정도로 컸으니까.

깡- 깡- 깡-!

남자의 청량한 곡괭이 소리가 적막 속에서 규칙적으로 울려 퍼진다.

하지만 자세히 들어 보면 곡괭이 소리 말고 다른 소리도 들어 볼 수 있었다.

속삭이듯 작은 목소리이기는 했지만, 거북과 남자는 은밀한(?) 대화를 나누고 있었으니 말이다.

"그러니까 뿍뿍아, 훈이 저 녀석이 무슨 꿍꿍이인지 알아냈다는 거야?"

"그렇다뿍. 거북의 직감은 정확하다뿍."

깡- 깡- 까강-!

"흠, 30분 만에 뿍뿍이에게 계획을 들키다니……. 역시 훈이 녀석, 너무 단순하단 말이지."

"아니다뿍!"

"……?"

"훈이가 단순한 게 아니라 내가 똑똑한 거다뿍."

"그, 그럴지도……."

깡- 깡- 깡-!

남자와 거북이의 정체는, 당연히 이안과 뿍뿍이.

뿍뿍이와 대화를 나누는 이안의 표정은 무척이나 흥미진진해 보였다.

대화를 나누는 내내 양쪽 광대가 조금씩 씰룩거리고 있는 것을 보면 말이다.

뿍뿍이가 알아냈다는 훈이의 꿍꿍이가 더욱 궁금해진 이안.

급기야 그는 곡괭이질마저도 멈춘 뒤 뿍뿍이를 재촉하기 시작했다.

"어쨌든 그래서, 빨리 알아낸 거나 풀어 봐. 뜸 들이지 말고."

"자꾸 재촉하면, 안 알려 주는 수가 있뿍!"

제법 지능 지수가 높아진 것인지, 뿍뿍이는 무려 이안에게 협박 비슷한 것을 시도했다.

하지만 언제나 그랬듯, 뿍뿍이의 머리꼭대기에는 항상 이안이 앉아 있었다.

"그럼 말하지 말든가."

"뿍?"

"어차피 말하고 싶어서 입이 근질거리는 거 다 알고 있거든."

"뿌뿍……!"

정말 듣지 않아도 된다는 듯, 내려 두었던 곡괭이를 들어 다시 채굴을 시작하는 이안.

깡- 깡- 깡-.

뿍뿍이는 이안이 얄미웠지만, 뭐라 반론을 제기할 수는 없었다.

이안의 말이, 너무도 완벽한 팩트였으니 말이다.

오히려 이안이 다시 묵묵한 표정으로 곡괭이질을 시작하자 뿍뿍이는 더욱 안달이 났다.

"뿌, 뿍뿍!"

그리고 잠시 후.

우물거리며 고민하던 뿍뿍이는, 결국 못 이기는 척 다시 이야기를 시작했다.

"뿍. 절대로 근질거리는 것은 아니지만, 주인이 궁금해하는 것 같으니 얘기해 주도록 하겠뿍."

하지만 이안으로부터 돌아오는 것은 묵묵한 곡괭이질뿐이었다.

깡– 깡– 깡–!

그리고 뿍뿍이가 더욱 안달이 나기 시작할 때쯤, 이안의 곡괭이질이 다시 멈춰졌다.

"그래, 뭐. 들어는 줄게. 한번 얘기해 봐."

순식간에 갑을 관계가 바뀌어 버린 뿍뿍이와 이안!

뿍뿍이는 뭔가 억울한 표정이 된 채로 다시 입을 열었다.

그리고 뿍뿍이의 입에서 나온 이야기는 무척이나 충격적인(?) 내용을 담고 있었다.

"뿍……. 그러니까 훈이는 아무래도……."

"아무래도……?"

"사랑에 빠진 것 같뿍."

"응? 뭐라고?"

"사랑에 빠진 것 같다고 했뿍."

생각지도 못했던 전개에 당황한 이안은, 두 눈을 동그랗게 뜨고는 다시 물었다.

"훈이가 사랑에 빠졌다고? 대체 누구랑? 어떻게?"

이안은 너무 놀란 나머지 표정 관리에 실패해 버렸다.

그리고 이안이 자신의 이야기에 빠져드는 것 같자 뿍뿍이는 무척이나 흡족한 표정이 되었다.

"하나씩 물어봐라뿍. 그렇게 여러 개 물어보면 헷갈린다뿍."

뿍뿍이의 말에 흥분을 가라앉힌 이안이 천천히 질문을 이어가기 시작했다.

"일단 상대가 누군데?"

"훈이가 사랑에 빠진 여자는 료이카라는 누나다뿍."

"료이카라면……. 훈이 옆에서 채광 중인 그 검정 단발머리?"

"그렇다뿍."

"헐……."

이안은 눈치가 빠르다.

그리고 예전과 달리, 이제 연애고자 타이틀은 벗어 던진 지 오래다.

때문에 여기까지 들은 설명만으로도, 어떻게 된 상황인지 대번에 유추가 가능하였다.

'이거 갈수록 재밌어지는데?'

예전 생각이 나는 건지(?) 점점 더 훈이의 러브스토리에 흥미를 붙이는 이안.

이안은 계속해서 뿍뿍이에게 질문 공세를 퍼부었고, 뿍뿍이는 마치 무용담을 늘어놓듯 자랑하기 시작했다.

"그 료이카라는 여자, 예뻐?"

"주인도 아까 봤잖뿍."

"제대로 안 봤지. 이럴 줄 알았으면 아까 좀 자세히 보는 건데!"

"료이카 누나 이쁘다뿍. 눈도 크고, 예뿍이처럼 볼도 빵빵하다뿍."

"흠, 그러고 보니 귀여웠던 것 같기도…….""

"……! 하린 누나한테 이를 거다뿍!"

"……이건 못 들은 걸로 해 주면 안 될까."

"생각해 보겠뿍."

주거니 받거니 티격태격하며, 신이 나서 대화를 나누는 뿍뿍이와 이안.

"그나저나 이런 얘기들은 어떻게 엿들은 거야? 그 큰 머리를 달고 어디 숨기도 힘들었을 텐데."

"내가 두 사람 근처에서 낮잠 자는 척하면서 다 들었뿍."

"오, 너 제법 똑똑해졌다?"

"내가 실눈 뜨고 봤는데, 훈이는 막 얼굴도 빨개지고 그랬뿍."

"오호?"

"아무래도 주인한테 마력석을 받아 가서, 그 예쁜 누나한 테 주려는 게 분명하다뿍."

"맞아, 확실해."

원래 남의 연애사를 듣는 것은 강 건너 불구경만큼이나 재 밌는 법.

게다가 그 대상이 중2병 말기 환자인 훈이라면. 재미는 한 층 증폭될 수밖에 없었다.

"그런데 뿍뿍아."

"뿍!"

"물론 정황상 네 말이 맞는 것 같긴 하지만…….."

"뿍……?"

"어떻게 30분도 안 되서 확신해 버린 거야? 그냥 두 사람 이 친한 것뿐일 수도 있잖아?"

이안이 궁금한 표정으로 묻자, 뿍뿍이는 잠시 고민에 빠 졌다.

훈이가 료이카를 좋아한다는 건 마약 미트볼이 맛있다는 것 만큼이나 확실한 사실이었지만, 어떤 부분에서 그런 확신 을 얻었는지 떠올리기 위해서였다.

그리고 잠시 후.

"……!"

뭔가를 깨달은 뿍뿍이가, 천천히 입을 열기 시작했다.

"예뿍이를 만났을 때의 내 표정…….."

"응?"

"훈이의 얼굴에서 그 표정을 봤다뿍."

"광석이 이런 모양일 땐, 여기부터 파시는 게 좋아요, 료이카 님."

"아, 그렇구나!"

"이쯤 됐을 땐 곡괭이질 멈추고, 살살 손으로 꺼내는 게 좋고요."

"와아, 역시 훈이 님은 대단해요."

"후후, 별말씀을요."

광산의 한쪽 구석에서 꽁냥거리는 훈이와 료이카.

물론 훈이의 일방적인 설렘인지 아니면 쌍방 통행인지는 알 수는 없었지만, 겉으로 보기에 둘의 그림은 나쁘지 않아 보였다.

'오호, 훈이, 이 녀석. 이 신성한 일터에서 연애질을 한단 말이지?'

훈이의 표정은 무척이나 즐거워 보였다.

언데드 군단을 소환해 놓고 왕 놀이를 할 때보다도 더욱 신나 보이는 수준이었으니 말이다.

'아쉽겠지만 오늘은 여기까지. 광산 데이트를 더 하고 싶

겠지만 시간이 이제 다 되었다, 훈아.'

멀찍이서 두 사람을 지켜보던 이안은, 그들을 지나쳐 어디론가 천천히 향했다.

이제 차원의 숲 맵이 닫히기까지 30분도 채 남지 않았으니, 지금까지 모인 광물들을 정산할 시간이었다.

"자, 이제 시간이 다 된 것 같은데, 다들 광물은 충분히 모으셨습니까?"

"앗, 잠시만요, 이안 님!"

"이것까지만……!"

다급한 랭커들의 외침에, 이안은 기분 좋은 표정이 될 수밖에 없었다.

'크으, 다들 열심히군.'

자신에게 조공할 광물을 저렇게도 열심히 채굴하니, 흡족하지 않을 수 없는 것이다.

"이제 시간이 얼마 없어요. 다들 빨리 오세요! 얼른 정산하시고 퀘스트 완료하러 요새 가셔야죠!"

이안이 재촉하며 맵 가운데의 공터로 걸어 나오자, 여기저기서 채굴 중이던 랭커들이 하나둘 모여들기 시작하였다.

다들 5시간에 육박하는 긴 시간 동안 채굴에 집중해서인지, 무척이나 초췌한 몰골이었다.

'후후, 이렇게 자발적으로 열심히 일하는 노예들이라니……. 관리하기가 너무 편하잖아?'

이안은 싱글벙글 웃으며, 공터 한편의 바위에 털썩 주저앉았다.

만약 이안의 기대만큼 랭커들이 채굴을 해 냈다면, 이안의 인벤토리에 있는 마력석들은 거의 다 소진이 될 것이었다.

'그리고 그렇게 모인 광물들을 가지고 난 제작 노가다를 시작하면 되겠지.'

기분이 좋아서인지, 콧노래까지 흥얼거리는 이안.

가장 먼저 이안과의 정산을 시작한 것은 다크서클이 턱밑까지 내려와 있는 요나스였다.

"자, 요나스 님부터. 채굴 얼마나 하셨습니까?"

"으음, 잠시만요. 일단 강화석은 열아홉 개고, 합성석은 일곱 개. 마법석은 다섯 개군요."

"흠, 이러면 원래 마력석 일곱 개까지 가능하지만, 특별히 강화석 열아홉 개를 마력석 네 개로 교환해 드리도록 하지요."

"오오, 정말입니까?"

"네. 수고하셨는데 그 정도 서비스는 드려야죠."

"가, 감사합니다. 그럼 총 마력석 여덟 개 주시는 거 맞죠?"

"당연합니다."

"크흑……!"

선심 쓰는 고용주의 앞에서 감동의 눈물을 흘리는 1번 노예 요나스였다.

그리고 요나스에 이어서 다른 랭커들의 정산도 차례차례 진행되었다.

"강화석 열다섯 개, 합성석 네 개 마법석 여덟 개……. 세이플 님도 정확히 마력석 일곱 개 가능하겠군요."

"전 서비스 없나요?"

"숫자가 너무 딱 맞아서……."

"쩝."

아쉬워하며 정산소(?)를 나서는 2번 노예부터 시작해서……

"리아스 님은 총 다섯 개. 조금만 더 분발하시지 그러셨어요."

"그, 채광이라는게…… 생각보다 쉽지 않더라고요."

"그래도 클리어 조건은 충족하신 거죠?"

"물론입니다."

"다행이군요."

세심한 고용주의 배려에 감동하는 5번 노예까지.

"흑흑, 이렇게까지 신경 써 주시다니……."

그리고 마지막으로, 기다렸던 두 명의 노예가 이안의 앞에 나타났다.

료이카를 발견한 이안의 두 눈이 장난기로 반짝이기 시작했다.

"자, 료이카 님 맞으시죠?"

쭈뼛쭈뼛 다가오는 료이카를 향해, 웃으며 말을 거는 이안.

'이 친구가 우리 훈이의 그녀라는 말이지.'

료이카와 눈이 마주친 이안은 절로 웃음이 새어 나왔다.

훈이보다야 성숙(?)하기는 했지만, 이안의 눈에는 마찬가지로 어린애일 뿐이었으니 말이다.

'뭔가 훈이랑 잘 어울리는 것 같기도 하고…….'

그런데 다음 순간.

어떻게 훈이를 놀려 주면 좋을지 궁리하던 이안의 머릿속은, 한순간에 백지 상태가 될 수밖에 없었다.

이안의 앞에 선 료이카의 첫마디가, 첩보요원(?)이었던 뿍뿍이조차도 상상하지 못했던 것이었으니 말이다.

"이안 님, 팬이에요!"

"예……?"

"제 이름을 기억해 주시다니, 정말 감동이예요!"

"……?"

료이카의 뜻밖의 반응에 당황한 이안은, 그대로 자리에서 굳어 벙 찐 표정이 되어 버렸다.

그리고 당황한 것은 이안의 옆에 앉아 있던 뿍뿍이도 마찬가지.

"뿍?"

하지만 이안과 뿍뿍이가 당황했다면, 거의 절망적인 표정이 된 사람도 하나 있었다.

"이, 이럴 수가……."

료이카의 환심을 사기 위해 짠돌이 이안에게 아쉬운 소리까지 해 가며, 마력석을 확보했던 훈이.

훈이의 인생 13년 만에 찾아온 첫 연애전선이 처음부터 삐걱거리기 시작하였다.

용사의 마을 메인 퀘스트는 알파벳으로 그 단계가 나뉘어 있다.

첫 단계인 A단계 훈련소 퀘스트부터 시작하여, 지금 이안을 포함한 다른 이들이 진행 중인 F단계 '차원의 거인 레이드' 퀘스트까지.

그리고 F등급의 퀘스트부터는 그 알파벳으로 나뉜 퀘스트 안에서도 또다시 서너 개의 연계 퀘스트로 쪼개지게 되어 있다.

이 '차원의 마력석 채굴' 퀘스트가 거인 레이드 퀘스트의 첫 번째 연계 퀘스트인 것처럼 말이다.

그런데 재밌는 것은 다름 아닌, 연계되는 뒤 번호의 퀘스트가 이미 클리어한 앞 번호의 퀘스트에도 영향을 미친다는 것이었다.

두 번째 연계 퀘스트에서 실패할 경우 첫 연계 퀘스트에서 획득했던 공헌도가 깎여 나가게 되며, 반대로 연속해서 실패 없이 퀘스트를 성공할 경우에는 보너스 공헌도가 더해지게 된다.

그리고 그 가중치는 연속된 성공이 중첩될수록 더 많아진다.

'이거, 한 번이라도 퀘스트에서 실패하면 끝없이 도태될 수밖에 없는 구조잖아? 마군 진영과 경쟁 구도를 생각하면 광석들 때문이 아니더라도 마력석 나눠 주길 잘한 것 같은데?'

용사의 마을에서 받은 첫 번째 메인 퀘스트를 훌륭히 수행해 낸 이안은, 다음 연계 퀘스트 정보 창을 골똘한 표정으로 살펴보고 있었다.

다음 메인 퀘스트가 시작되기까지 남은 시간은 12시간.

그동안 할 일이 많았지만, 그래도 퀘스트를 완벽히 파악해 두는 것이 먼저였으니 말이다.

(F)차원의 거인 레이드-2

퀘스트 분류 : 메인 퀘스트.
퀘스트 발생 조건 : (F)차원의 거인 레이드-1 퀘스트 클리어.
획득 가능 공적치 : 300~???

당신은 요새 증축과 수리에 사용될 차원의 마력석을 훌륭히 채굴하여 돌아왔다.

하여 이제부터, 당신이 채굴해 온 마력석을 이용한 요새 증축이 시작될 것이다.

그러나 요새를 증축하는 데에는, 제법 긴 시간이 필요하다.

때문에 요새의 증축이 끝날 때까지 거인이 깨어나지 못하게 막아야만 한다.

차원의 숲 깊숙한 곳을 돌아다니다 보면, '마력 결정체'이라는 이름의 파랗고 커다란 수정들을 발견할 수 있을 것이다('차원 마력 탐지기' 아이템을 인벤토리에 보유하고 있을 시).

그리고 이것은, 차원의 거인이 깨어나는 데 결정적인 역할을 하는 에너지원이다.

차원의 숲을 수색하여, 최대한 많은 양의 '마력 결정체'를 찾아 파괴하도록 하자.

최소한 세 개 이상의 마력 결정체를 파괴하여야 거인의 기상을 늦출 수 있을 것이다.

퀘스트 성공 조건 : 생존, 세 개 이상의 '마력 결정체' 파괴.

퀘스트 보상 : '마력 결정체' 한 개당 공적치 100포인트.

*임무 과정에서 도태될 시 획득 공적치가 100퍼센트 삭감됩니다.

*임무 진행 도중 사망 시 퀘스트에 실패하게 됩니다.

*퀘스트 실패 시 다음 날 다시 도전이 가능합니다.

*퀘스트 실패 시 이전 연계 퀘스트에서 얻은 공헌도가 30퍼센트만큼 삭감됩니다.

'마력의 결정체라……. 이거 단순한 구조물 파괴 퀘스트는 아닌 것 같은데.'

이안은 지금껏, 이런 종류의 퀘스트를 많이 보아 왔다.

던전 안에 입장하여 정해진 구조물을 파괴해야 하는 퀘스트 말이다.

하지만 일반적으로 그런 퀘스트의 경우 짧게 '시간제한'이
있기 마련이다.

이렇게 12시간짜리 던전에서, 따로 시간제한도 없이 구조
물을 파괴하라는 퀘스트가 주어지지는 않는다는 말이다.

'마력의 결정체에 어떤 함정이 있을 확률이 높겠어. 아니
면 아이언 스웜처럼 일반적인 방법으로 부술 수 없게 되어
있다든가.'

이안은 오늘 낮에 뻔질나게 돌아다녔던 차원의 숲 구조를
떠올리며, 이런저런 가설을 세워 보았다.

그리고 머릿속으로 퀘스트를 분석함과 동시에, 어디론가
걷기 시작하였다.

오늘의 마지막 일정으로 정해 놓은 '중요한 일'을 하기 위
해서였다.

저벅- 저벅-.

해가 떨어져 어둡고 조용한 용사의 마을 안에서, 홀로 어
딘가를 향해 바삐 움직이는 이안.

"훗차."

그리고 그가 도착한 곳은 마을 구석에 있는 티버의 대장간

이었다.

다음 퀘스트에 대한 분석이 어지간히 끝났으니, 자발적(?) 노예들로부터 얻은 막대한 양의 광물들을 사용해 보러 온 것이다.

끼이익—!

이안이 문고리를 쥔 손에 힘을 주자, 듣기 거북한 마찰음과 함께 낡아빠진 철문이 천천히 열린다.

그런데 대장간의 문을 연 이안은 살짝 당황할 수밖에 없었다.

"아직 티버는 돌아오지 않은 건가?"

밤낮없이 밝혀져 있던 대장간의 불이 컴컴하게 꺼져 있었기 때문이었다.

대장간 안을 밝히는 불빛이라고는, 활활 타오르고 있는 화롯불 하나뿐.

화륵—!

대장간의 구석에서 마른 장작 하나를 꺼낸 이안은, 화롯불의 불씨를 옮겨 대장간 내부에 불을 밝혔다.

그리고 무척이나 자연스럽게, 자리 하나를 꿰차고 앉아 광물을 꺼내기 시작하였다.

누가 보았더라면 NPC라고 착각해도 이상하지 않을 만큼, 자연스러운 모습으로 대장간에 자리 잡은 이안.

"딱 해 뜰 때까지만 노가다 해 보자. 잠은 4~5시간 정도만

자도 충분하니까."

누가 들었더라면 고개를 절레절레 저었을 대사를 중얼거린 이안은, 천천히 풀무질을 하며 화로에 불을 피우기 시작하였다.

레이드 맵으로 가는 포털이 열리는 시간은 정확히 낮 12시.

이안의 중얼거림처럼, 해 뜰 즈음 잠들어서 5~6시간 자고 일어난다면, 대충 포털 오픈 시간에 맞춰서 접속할 수 있을 것이었다.

이른 아침, 카일란 기획 팀의 사무실.

"으아악!"

전날 모니터링실에서 올라온 보고서를 확인한 나지찬은 저도 모르게 비명을 지르고 말았다.

보고서에 쓰여 있는 내용이, 하나같이 믿기 힘든 말들뿐이었기 때문이다.

"티, 팀장님, 진정하세요."

"김 주임, 지금 내가 진정하게 생겼어?"

"이런 경험, 한두 번 아니잖아요. 뭐 그리 새삼스럽게 좌절하고 그러세요."

뼈를 때리는 듯한 부하 직원의 팩트 폭력에, 나지찬은 더욱 정신이 혼미해지는 것을 느꼈다.

하지만 다년간 기획 팀 일을 하며 다져진 정신력 덕분인지, 가까스로 멘탈을 챙길 수 있었다.

"후우……."

한차례 깊게 심호흡한 나지찬은 보고서를 재차 읽어 내려가며, 한층 침착해진 목소리로 다시 입을 열었다.

"그런데 김 주임."

"예, 팀장님."

"수습하는 건 두 번째 문제고……. 이게 말이 되긴 해? 잘 맞아떨어지던 밸런스가 어떻게 한순간에 이렇게 무너져 버릴 수가 있어?"

"그, 그러게요."

지금 나지찬과 김 주임이 보고 있는 보고서는, 용사의 마을 메인 퀘스트 결과 보고였다.

랭커들이 콘텐츠들을 어떻게 플레이하고 있는지, 그 결과들이 기록되어 있는 보고서인 것이다.

그리고 나지찬이 이렇게 놀란 이유는 크게 두 가지였다.

첫째, 첫날부터 퀘스트 통과 인원이 너무 많다는 것이었으며…….

둘째, 천군 진영과 마군 진영의 퀘스트 결과 차이가 너무 극심하다는 것이었다.

"총 스물네 명 중에 열한 명이 퀘스트를 클리어했고……."

"그렇죠."

"그 열한 명 중에 일곱 명이 천군 진영 유저들이라……."

"정확히 그렇습니다."

기획 팀의 기획 의도대로라면, 용사의 마을 메인 퀘스트의 난이도는 F단계 퀘스트에 들어가면서부터 급격히 어려워져야만 한다.

세계 정상급 랭커들이라면, 크게 실수하지 않는 한 E단계까지는 한 번에 통과할 수 있도록 구성되어 있었지만, F단계부터는 그 난이도가 급격하게 상승하도록 설계해 두었던 것이다.

때문에 나지찬을 비롯한 카일란 기획 팀은 첫 번째 연계 퀘스트부터 대다수의 랭커들이 실패할 것이라고 예상했었다.

마력석 여섯 개를 모으는 데 성공하는 유저는, 천군과 마군 양 진영을 합해서 많아 봐야 대여섯 정도가 될 것이라 추측했던 것이다.

그런데 보고서에 의하면, 예상했던 숫자의 두 배에 달하는 랭커들이 첫 번째 퀘스트를 통과하였다.

게다가 전체 통과자의 60퍼센트 이상이 천군 진영에 몰려 있다니.

어처구니가 없을 정도로 기이한 결과인 것이다.

말이 60퍼센트지, 마군진영 통과자의 두 배가 천군 진영에 몰려 있는 것이었으니 말이다.

하지만 그 결과보다 더 어처구니없는 것은, 이런 결과가 나올 수밖에 없었던 '원인'이었다.

"후, 이안……. 이놈은 진짜 답이 없어."

보고서를 통해 지난밤 이안의 행적을 확인한 나지찬은, 태블릿을 쥔 양손을 부르르 떨었다.

"아니, 콘텐츠를 파괴할 거면 혼자서 파괴하지, 왜 평소답지 않게 이타심을 발휘하고 난리야."

최근, 콘텐츠 개발에 바쁜 나지찬은 랭커들의 영상을 제대로 모니터링할 수가 없었다.

때문에 부하 직원이 모니터링해서 올려 주는 보고서와 데이터만을 가지고, 상황을 판단하고 있는 것이다.

그리고 그 결과, 약간의 오해(?)가 생기고 말았다.

"그러게 말입니다. 같은 길드원인 훈이까지는 이해가 되지만, 다른 랭커들에게까지 마력석을 분배할 줄은 몰랐어요."

보고서에는 이안이 아이언 스웜의 비밀을 알아내었고, 그를 통해 얻은 대량의 마력석을 다른 랭커들에게 분배해 줬다는 내용까지만이 쓰여 있었을 뿐.

그것을 대가로 이안이 랭커들을 부려먹었다는 사실은 기록되어 있지 않았다.

때문에 나지찬은, 이안이 그저 마력석을 다른 랭커들에게 나눠 줬다는 것으로 이해할 수밖에 없었던 것이다.

"으……. 김 주임, 이안이 설마 최종 퀘스트를 예측하기라도 한 건 아니겠지?"

"설마요. 이안이 무슨 신도 아니고, 그걸 어떻게 미리 예측하고 움직입니까?"

"김 주임, 혹시 갓(god)의 의미가 뭔지 모르나?"

"예……?"

"이안갓이잖아. 걘 게임할 때만큼은 신이라고."

"……."

뜻밖의 보고서를 확인한 나지찬은 머릿속이 혼란스러워지기 시작하였다.

첫 퀘스트부터 양 진영 간의 격차가 이렇게 벌어진다면, 최종 연계 퀘스트에 도달했을 때 너무 싱거운 결과가 나올 테니 말이다.

그리고 마지막 단계에서 싱겁게 결과가 나와 버린다면, 그것은 기획 팀의 입장에서 재앙이라고 할 수 있었다.

양 진영 간의 전투밸런스도 밸런스지만, 퀘스트 진행 속도가 배 이상 빨라지는 것이기 때문이었다.

'원래대로라면 최종 전투 단계에서만 일주일은 걸리는 게 정상인데……. 이대로 스노우볼이 굴러 가기 시작하면, 하루 만에 마군 진영이 박살나 버릴지도.'

달력을 보며 일정을 체크해 본 나지찬은 이리저리 머리를 굴려 보았다.

이어서 잠시 후, 김 주임을 앉혀 놓고 다시 말을 잇기 시작
했다.

"정말 이안이 거기까지 생각하고 이타심을 발휘한 건지는
미지수지만……."

잠시 뜸을 들인 나지찬은 한숨을 푹 쉬며 다시 말을 이어
갔다.

"어쨌든 H단계 퀘스트 개발 일정을 일주일은 더 앞당겨야
겠어."

그리고 나지찬의 그 말에, 김주임의 입에서도 땅이 꺼져라
한숨이 새어 나왔다.

"예, 팀장님……."

어쩐지 잠깐 사이에 다크서클의 농도가 배 이상은 짙어진
두 남자.

잠시간의 정적이 흐른 뒤, 나지찬의 말이 다시 이어졌다.

"그리고 김 주임."

"넵?"

"법카 줄 테니까, 막내 시켜서 감자칩 한 박스만 좀 사다
놓으라고 해."

"팀장님, 다이어트 하신다면서요."

다이어트라는 김 주임의 말에, 더욱 피폐한 표정이 되어
버린 나지찬이었다.

"후……."

이어서 나지찬은 슬픈 눈으로, 고개를 절레절레 저으며 말을 이었다.

"이안이 카일란 접기 전까진 아무래도 다이어트 같은 건 못할 것 같아……."

너무도 공감되는 나지찬의 말에, 김 주임은 차마 대꾸하지 못하고 조용히 돌아 나갔다.

하지만 이들은 이때까지만 해도 알 수 없었다.

순탄히 스노우볼을 굴려 갈 줄만 알았던 천계의 랭커들 사이에서 뜻밖의 '변수'가 생겨나고 있음을 말이다.

하루에서 해가 가장 높이 뜨는 시각.

낮 12시.

정오가 다가오자, 용사의 마을 공터에는 하나둘 랭커들이 모이기 시작하였다.

"흐아암, 잘 잤네. 어휴, 10시간이 넘게 자다니, 어제 너무 무리했나 봐."

"저도요. 곡괭이질이 던전 공략보다 힘들 줄은 생각도 못 했어요."

"으으……. 온몸이 다 쑤시네. 오늘 퀘스트는 노가다가 아니었으면 좋겠군요."

"퀘스트 내용 읽어 봤는데, 노가다는 아닌 것 같더라고요. 단순 구조물 파괴 퀘스트 같던데……."

"맞아요. 이번 퀘스트는 좀 평범하지 싶어요. 팀 짜서 몇 명이 결정체 부수고, 나머지가 몬스터들 막아 주면 되지 않을까요?"

용사의 마을 천군 진영의 공터에는, 어제보다 배 이상 많은 랭커들이 모여들었다.

그도 그럴 것이, 용사의 마을에 뒤늦게 들어온 후발 주자들이 레이드에 합류하기 시작했기 때문이었다.

물론 뒤늦게 합류한 이들은 채굴 퀘스트부터 진행해야 하지만, 어쨌든 레이드 맵으로 들어가는 포탈은 같은 시각에 열리는 같은 포탈이기 때문.

"어제 채굴 퀘스트 클리어하신 분들, 팁 좀 주세요."

"팁요?"

"네."

"글쎄요, 팁이랄 만한 게 있나……."

"어차피 하루나 앞서가고 계시잖습니까. 시원하게 알려 주시죠."

"아, 키워드는 하나 있네요."

"……?"

"이안의 황금 곡괭이……랄까."

퀘스트와 관련된 이런저런 정보(?)들을 공유하며, 화기애애하게 이야기를 나누는 각국의 랭커들.

하지만 포털이 열릴 시간이 다가오자 시끌벅적하던 공터는 조금씩 조용해지기 시작하였다.

다들 레이드 맵에 입장하기 전, 최종 정비를 하며 본인들의 상태를 체크하기 시작했기 때문이었다.

특히, 두 번째 연계 퀘스트를 진행해야 할 선두그룹의 경우, 표정에 비장미마저 감돌기 시작하였다.

"이거, 최종 연계 퀘스트까지 무조건 한 방에 뚫어야 해요."

"그렇습니다. 보니까 연속해서 성공해야 공적치 획득량이 기하급수적으로 뻥튀기되더군요."

"차원의 숲 맵이야 어제 하루 종일 돌아다니면서 다 파악해 뒀으니, 오늘은 어리바리하게 하지 말고 빠릿빠릿하게 진행해 봅시다."

"오케이, 요나스 님만 믿겠습니다."

그런데 포털이 열리기까지 3분 여 정도밖에 남지 않았을 시점.

선두 그룹의 유저 중 하나인 리아스가 걱정스런 표정이 되어 파티원을 향해 입을 열었다.

"그런데 님들."

"예?"

"혹시 이안 님이랑 훈이 님은, 연락되시는 분 없으신가요?"

"아, 그러고 보니, 두 분이 아직도 안 오셨네요."

"무슨 일일까요? 게이트 오픈까지 3분밖에 남지 않았는데……."

"허허, 이거 큰일이네요. 두 분 다 우리 진영 핵심 전력인데……."

퀘스트 시작 시간까지 이안과 훈이의 부재가 지속되자 여기저기서 걱정의 목소리가 터져 나왔다.

하지만 걱정하는 랭커들과 달리, 오히려 눈을 빛내는 몇 사람도 존재하였다.

"뭘 그리 걱정하세요, 여러분. 두 사람이야 어련히 알아서 잘하실 분들 아닙니까."

요나스의 말에, 리아스가 뒷머리를 긁적이며 중얼거리듯 말했다.

"그, 그렇기야 하지만……."

그리고 그의 옆에 있던 페드릭 또한, 고개를 끄덕이며 입을 열었다.

"맞습니다. 두 분 걱정은 마시고, 일단 들어간 사람들끼리 열심히 클리어해 보도록 하죠."

요나스와 페드릭은, 자존심이 무척이나 센 유저들이었다.

그리고 지금껏 용사의 마을 퀘스트 성적을 확인해 보면,

충분히 그럴 만한 자격이 있는 이들이기도 하였다.

신의 말판 전장을 치르기 전까지 천군 진영의 압도적 공헌도 1, 2위가 페드릭과 요나스였으니 말이다.

하지만 신의 말판 전장을 기점으로 두 사람의 자존심은 구겨지기 시작하였다.

요나스는 돌격대장, 심지어 페드릭은 대장군의 직책을 얻었음에도 불구하고, 이안의 발끝에도 미치지 못하는 비루한 성적을 기록하였기 때문이었다.

그나마 몇 킬이라도 올린 페드릭은 조금 낫지만, 첫 턴에 개복치처럼 죽어 버린 요나스는 그때의 불명예를 언제고 회복하고 싶다는 욕망을 가지고 있었다.

그래서 차원의 숲 레이드 맵에 처음 입장하였을 때에도, 리더 욕심을 강하게 부렸던 것이고 말이다.

'후우, 결국 채굴 퀘스트까진 이안에게 밀리고 말았지만, 이번 연계 퀘스트부터는 확실히 캐리해 보이겠어.'

요나스와 페드릭은 이안이 뛰어나다는 사실을 분명히 인지하고 있었다.

각 서버의 최상위권 랭커들인 만큼, 그렇게 사리분간 못하는 이들은 아니었으니 말이다.

하지만 그렇다고 해서 이안을 넘지 못할 산이라고 생각하지도 않았다.

'신의 말판 전장에서야 완벽한 패배를 인정하지만……. 채

굴 퀘스트에서 압도당한 건, 분명 그 정체를 알 수 없는 황금 곡괭이 때문이었어.'

'이번에야말로, 이안을 압도하고 누가 최고인지 보여 주도록 하지.'

각자 각오를 단단히 한 페드릭과 요나스는 서로를 바라보며 짧게 눈빛을 교환하였다.

어떻게 된 일인지 이안과 훈이가 나타나지 않고 있으니, 현재 1위로 올라선 훈이의 공헌도를 역전할 수 있는 천재일우의 기회가 왔다고 생각하였다.

굳이 대화를 나누지 않아도 느낄 수 있는, 암묵적인 동맹 관계가 된 요나스와 페드릭.

두 사람사이의 경쟁은, 일단 이안과 훈이를 누른 뒤에 다시 생각할 문제였다.

－잠시 후, '차원의 숲'으로 통하는 게이트가 오픈됩니다.

－남은 시간 : 35초.

공터에 모인 랭커들의 눈앞에 보랏빛으로 쓰인 월드 메시지가 떠오르기 시작하였다.

퀘스트 시작까지 초 단위의 짧은 시간이 남자, 긴장한 표정으로 게이트 오픈을 기다리는 유저들.

페드릭과 요나스를 제외한 선두그룹의 나머지 유저들 또한, 이제는 더 이상 이안과 훈이를 기다리지 않았다.

두 사람이 어떤 이유로 게이트에 나타나지 않는지는 알 수 없었지만, 당장 눈앞에 닥친 퀘스트가 더 중요했으니 말이다.

다만 그룹의 가장 뒤편에 서 있던 료이카만이 아쉬운 표정으로 중얼거리고 있었다.

"힝, 훈이 님이랑 퀘스트하는 거 재밌었는데……."

깡– 깡– 까앙–!

연신 규칙적인 망치질 소리가 울려 퍼지는, 용사의 마을 티버의 대장간.

대장간의 안에는, 두 남자가 주거니 받거니 망치질을 하며 땀을 삐질삐질 흘리고 있었다.

그런데 재밌는 것은, 대장간의 안에 주인인 티버가 보이지 않는다는 점.

그렇다면 대장간 안에서 열심히 땀을 흘리고 있는 두 사람의 정체는, 대체 누구인 것일까?

"후우, 이안 형. 조금만 쉬었다가 하면 안 될까?"

"료이카 님을 향한 너의 마음이 그 정도라면 조금 쉬었다가 하든가."

"아, 아니야. 생각해 보니 아직 하나도 힘들지 않은 것 같아."

까앙- 까앙-!

대장간의 구석에 광물을 한가득 쌓아 놓은 채 구슬땀을 흘리며 노동 중인 두 사람은 바로, 이안과 훈이였다.

차원의 숲 포털에 나타나지 않은 두 사람은 티버의 대장간에서 노동 중이었던 것.

그렇다면 이 두 사람은 대체 왜, 용사의 마을에서 가장 중요한 메인 퀘스트를 두고 여기에 남아 있었던 것일까?

그것은 바로 오늘 새벽.

티버의 대장간에서 나눴던 대화 때문이었다.

"아니, 그대는 이안이 아닌가."

"앗, 안녕하십니까, 수비대장님."

"자네, 이 이른 새벽부터 대장간에서 대체 뭘 그리 열심히 하고 있는 겐가."

"내일 있을 임무를 위해, 장비들을 제작하고 있었습니다. 마력의 결정을 파괴하기 위해선, 강력한 무기가 필요할 테니까요."

"오오, 우리 천군 진영에 이리도 성실한 용사가 있었을 줄이야!"

해가 뜰 때까지도 열심히 망치를 두들기던 이안은 새벽 순찰을 돌던 수비대장의 눈에 들 수 있었다.

그리고 그 덕분에 수비대장으로부터, 특별한 퀘스트를 받을 수 있었다.

"자네, 대장장이 기술이 제법인 것 같군."

"하핫, 아직 많이 부족합니다."

"겸손할 필요 없다네. 우리 용사의 마을 최고의 대장장이 인 티버를 제외하고는, 자네보다 뛰어난 실력을 가진 대장장이를 본 적이 없어."

"과찬이십니다!"

"그래서 말인데……."

"넷."

"자네, 혹시 특별한 임무를 한번 수행해 볼 생각은 없는 가?"

"특별한…… 임무요?"

"그렇다네. 오늘부터 티버가 마을의 기술자들을 데리고 요새를 증축하기 시작할 텐데, 하나같이 형편없는 녀석들밖에 없어서 말이지."

"임무는 혹시 몇 시부터 시작되겠습니까?"

"아마 오늘 차원의 숲으로 가는 게이트가 열리면, 곧바로 임무가 시작될 걸세."

"앗, 그 시간이라면 마력석 파괴 임무를 수행해야 할 시간인데……."

"괜찮다네. 그 임무는 나의 직권으로 열외시켜 주도록 하지. 어차피 요새의 방어시설들을 증축하는 것이 우리 진영에 훨씬 큰 공헌을 하는 일이니 말이야."

"오오, 마을에 더 큰 공헌을 할 수 있는 일이 있다면, 마땅히 그 일을 해야지요."

"역시 이안! 자네는 나의 기대를 저버리지 않는군. 채굴임무 때부터 알아보았지만, 자네는 정말 뛰어난 인재야."

"감사합니다!"

이안이 수비대장으로부터 받은 임무는, 기존의 메인 퀘스트를 대체할 수 있는 일종의 히든 퀘스트 같은 것이었다.

때문에 기존의 퀘스트인 '마력 결정 파괴' 퀘스트보다 더 많은 보상을 획득할 수 있었다.

획득 가능한 공헌도는 딱히 '마력 결정 파괴' 퀘스트보다 많지 않았지만, 추가로 얻을 수 있는 공개되지 않은 보상이 몇 가지 더 붙어 있었던 것이다.

그리고 그 정도면, 이 히든 루트로 퀘스트를 진행해 볼 이유는 충분하다고 할 수 있었다.

그런데 수비대장과의 은밀한 협약은 여기서 끝난 것이 아니었다.

"아 참, 자네."

"옙?"

"혹시 주변에 손재주가 괜찮은 동료가 또 있는가?"

"음, 한두 명 정도는 구해 볼 수도 있을 것 같습니다만……."

"그렇다면 자네와 함께 일할 친구를 한 사람 정도 더 데려오도록 하게."

"……!"

"그 친구의 실적이 뛰어나다면 내 자네에게 따로 선물을 주도록 하지."

"아, 알겠습니다, 대장님!"

훈이가 이안과 함께 대장간에 남게 된 배경도, 바로 이 히든 퀘스트 때문이었던 것.

'뭔가 조금 다단계 같은 느낌이 있긴 하지만……. 좋은 게 좋은 거니까.'

이안은 자신의 옆에서 열심히 망치질하는 훈이를 보며, 만족스러운 표정으로 고개를 끄덕였다.

비록 고달픈 노가다의 세계에 훈이를 끌어들이기는 하였지만, 그것과 별개로 히든 퀘스트를 공유한 것만은 사실이었으니 말이다.

'어쨌든 히든 퀘스트니까. 훈이에게도 좋은 게 분명히 있을 거야.'

하지만 수비대장에게 따로 뭔가를 받기로 했다는 사실은 당연히 비밀이었다.

"훈아, 조금만 더 속도 내 보자. 30분 내로는 마력석 제련 마무리 짓고, 우리도 게이트 타러 가야 해."

"알겠어, 형."

이안의 말에, 고개를 끄덕인 훈이는 더욱 열심히 망치질을 하기 시작했다.

생산 클래스라고는 아무것도 가지지 못했지만, 노가다의 결실인지 이제 제법 망치질하는 테가 나는 훈이.

그렇게 한참을 묵묵히 망치질하던 훈이가 불쑥 이안을 향해 입을 열었다.

"근데 이안 형."

"말해 봐."

"형이 시키는 대로 열심히 하면, 그…… 사랑의 숲이라는 데 데려다 주는 거지?"

"물론."

"약속했다?"

"요나스 님, 이쪽에 찾았어요!"

"오, 디아스 님!"

"와아, 드디어 첫 번째 결정석인가요?"

포털이 열리자마자 차원의 숲에 진입하여 거침없이 차원

의 숲을 수색하던 천군 진영의 선두그룹 랭커들.

그들은 입장한 지 정확히 30분 만에 첫 번째 마력 결정을 발견할 수 있었다.

그리고 예상했던 것보다 금방 마력 결정이 발견되자 랭커들의 표정은 한껏 고무되었다.

"자, 빨리 파괴하고 다음 결정 찾으러 가죠!"

"그래요. 30분 만에 하나 찾았으니, 세 개 찾는 건 정말 식은 죽 먹기겠어요."

"후후, 세 개만 찾을 겁니까? 이번 퀘스트에서 아주 공적치 뽕을 뽑아 버려야죠. 이번 퀘는 채굴 퀘스트랑 달리 공적치 상한선도 없잖아요."

"오오오, 듣고 보니 그러네요. 진급 갑시다!"

랭커들이 처음 찾은 마력 결정의 형태는 마치 거대한 크리스탈 연상케 하였다.

지면으로부터 1미터 정도 떠올라 있는 위치에, 영롱한 빛을 뿜어내는 뾰족한 얼음 덩어리 같은 것이 있었던 것이다.

그리고 순식간에 마력 결정을 둘러싼 다섯 명의 랭커들은 일사불란하게 움직이기 시작하였다.

"저랑 페드릭 님이 딜 넣을 테니, 다른 분들은 몬스터 접근 못 하게 막아 주세요!"

"알겠습니다, 요나스 님!"

"예썰!"

"료이카 님은, 상황 봐서 광역 실드 좀 띄워 주시고요!"

"네, 알겠어요."

요나스의 오더 하에, 순식간에 대형을 갖춘 천군 진영의 랭커들.

그리고 곧이어 첫 번째 결정석을 파괴하는 작업이 시작되었다.

마력석에 딜을 넣는 역할은 단일 공격력이 가장 강력한 요나스와 페드릭이었다.

깡- 까강-!

콰아앙-!

그런데 작업이 시작된 바로 그 순간.

한껏 들뜬 표정이던 요나스의 얼굴이 조금씩 굳어 가기 시작하였다.

마력 결정의 방어력과 체력이 예상했던 수준을 훨씬 상회했기 때문이었다.

'아니, 이거 무슨 방어력이 이따위야? 딜이 이것밖에 안 박히는 게 말이 돼?'

까강-!

요나스는 자신의 눈앞에 떠올라 있는 시스템 메시지와 마력 결정의 내구도 게이지를 번갈아 확인해 보았다.

-'차원의 마력 결정'에 치명적인 피해를 입혔습니다!

-'차원의 마력 결정'의 내구도가 178만큼 감소합니다!

－'차원의 마력 결정'의 내구도가 149만큼 감소합니다!

물론 광산에서 만났던 에픽 몬스터인 '아이언 스웜'과 비교한다면, 결정석을 파괴하는 것이 훨씬 쉬운 것은 사실이었다.

아이언 스웜의 경우 아무리 강력한 스킬을 맞아도, 고정적으로 1이상의 대미지를 입힐 수 없었으니 말이다.

하지만 그렇다고 해도, 파괴하는 데 애를 먹을 것이라는 사실 자체는 변함이 없었다.

"페드릭 님, 이거 하루 종일 쳐야 부서지겠는데요?"

침중한 어조로 말하는 요나스를 향해 페드릭은 고개를 주억거리며 대답하였다.

"으음, 하루 종일까진 아니어도, 하나 파괴하는 데 거의 30~40분은 걸리겠어요."

"으으, 이렇게 무식하게 노가다 해야 하나……."

요나스의 얼굴은 살짝 어두워졌다.

마력 결정을 십수 개 파괴하고 막대한 공적치를 쌓을 꿈에 부풀어 있었다.

그런데 이렇게 되면 기대했던 것보다 공적치 쌓는 속도가 두 배 이상 느려지고 말 것이었다.

때문에 요나스는, 머리를 굴려 새로운 방식을 모색하기 시작하였다.

"디아스 님, 혹시 그쪽에 여유 좀 있으세요?"

"아직까진 버틸 만합니다."

"그러면 혹시, 세 분 중 한 분이 다음 마력 결정을 미리 찾고 계시는 건 어떨까요?"

"아하, 확실히 그렇게 하면 시간을 좀 단축시킬 순 있겠어요."

"오, 역시 요나스 님!"

파티원이 엄지를 치켜 올리자, 굳었던 요나스의 표정이 살짝 풀어진다.

하지만 요나스의 나아진 기분은 금세 다시 가라앉을 수밖에 없었다.

항상 조용했던 료이카가 뜬금없이 산통을 깨어 버렸으니 말이다.

"요나스 님, 제 의견 하나 말해도 될까요?"

"네, 물론입니다, 료이카 님."

"방금 말씀하신 대로 전력을 운용하려면, 지금이라도 얼른 이안 님과 훈이 님을 찾아오는 건 어떨까요? 두 분에겐 소환수가 있으니, 마력석을 훨씬 쉽게 찾을 수 있을 것 같은데요?"

생각지 못했던 료이카의 의견에 다시금 일그러진 요나스의 표정.

게다가 그녀의 의견이 일리가 있었기 때문에 요나스는 당황할 수밖에 없었다.

"소……환수가 있어 봐야, 차원 마력 탐지기가 없으면 결정석을 찾을 수 없잖아요."

"저희가 한 개씩 가지고 있는 탐지기를 소환수들에게 쥐어 주면 되죠."

"으음, 듣고 보니 그렇긴 하지만……."

생각지도 못했던 의견 제시에 요나스는 할 말을 잃고 말았다.

그런데 그때, 옆에 있던 페드릭이 요나스를 지원하기 시작했다.

"두 사람이 어디 있는 줄 알고 찾으러 가요? 그러다가 시간만 낭비할지도 몰라요."

"그, 그건……."

"페드릭 님의 말씀이 맞아요. 아쉽지만 어쩔 수 없겠어요."

료이카의 의견은 분명 날카롭고 타당했지만, 요나스와 페드릭은 그녀의 말대로 할 생각이 조금도 없었다.

'공적치를 역전할 수 있는 이런 좋은 기회가 또 올 리 없잖아.'

'둘이 합류하면 순위가 그대로 유지될 텐데……. 그렇게 할 수는 없지.'

때문에 두 사람은 그저 묵묵히 마력 결정을 향해 검을 휘두를 뿐이었다.

깡- 까강-!

콰콰쾅-!

그리고 이안과 훈이에 대한 이야기가 쏙 들어간 뒤, 시간이 지날수록 랭커들 사이에서는 대화가 점점 줄어들어 갔다.

그것은 의견 대립 때문이 아니었다.

갈수록 마력 결정을 향해 몰려드는 몬스터들의 숫자가 더욱 많아졌기 때문에, 무언가 이야기를 나눌 틈조차 생기지 않은 것이다.

심지어 디아스가 다른 마력 결정을 찾기 위해 자리를 비웠으니 몬스터들을 막던 나머지 두 랭커는 점점 더 힘에 부칠 수밖에 없게 되었다.

그리고 그렇게 10분 정도의 시간이 더 흘렀을까?

"요나스 님, 페드릭 님, 두 분 중 한 분이 일단 몬스터들 좀 상대하셔야겠어요!"

"맞아요! 이대로 가다가는 방어선이 뚫리겠어요!"

결국 몬스터를 막던 두 랭커는, 요나스와 페드릭에게 도움을 청해야만 했다.

"으으, 알겠습니다. 일단 제가 몬스터 처치를 돕도록 하죠."

그리고 그것은 사실상 재앙의 시작이었다.

마력 결정에 딜을 넣던 두 사람 중 하나가 빠졌으니, 결정을 파괴하는 데 걸리는 시간이 또다시 배로 늘어나 버린 것이다.

순탄히 진행되는 듯했던 퀘스트가 완전히 꼬이기 시작한 것.

하지만 일행에게 다가오는 재앙은 여기서 끝난 것이 아니었다.

마력 결정을 향해 홀로 딜을 넣던 페드릭이, 거의 1시간이 걸려서 파괴에 성공했을 때⋯⋯.

"흐아압!"

콰쾅- 쾅-!

파티원의 눈앞에 떠오른 메시지들은 그야말로 충격적인 것이었으니 말이다.

띠링-!

-파티원 '페드릭' 유저가 마력 결정을 파괴하는 데 성공하였습니다.

-파티원의 마력 결정 파괴 기여도가 책정됩니다.

-1. 페드릭 - 79.80퍼센트

-2. 요나스 - 20.20퍼센트

-3. 리아스 - 0.00퍼센트

-3. 료이카 - 0.00퍼센트

-3. 세이플 - 0.00퍼센트

-플레이어별 기여도에 따라, 공헌도가 산정됩니다.

-'페드릭' 유저의 공헌도가 79.8포인트만큼 증가합니다.

–'요나스' 유저의 공헌도가 20.2포인트만큼 증가합니다.

–'리아스' 유저의 공헌도가 0.0포인트만큼 증가합니다.

–'료이카' 유저의 공헌도가…….

……후략……

모든 메시지를 확인한 요나스의 입에, 허탈한 중얼거림이 흘러나왔다.

마력석을 파괴했을 때 얻을 수 있는 공헌도의 산정 방식이, 원래 생각했던 것과 너무 달랐으니 말이다.

"이거……. 파티 전원의 공헌도가 전부 100씩 오르는 게 아니었어?"

랭커들은 당연히, 하나의 마력 결정을 파괴했을 때 모든 파티원이 100의 공헌도를 얻을 수 있는 것인 줄 알고 있었다.

일반적인 퀘스트의 공헌도 분배 방식이 보통 그와 같았으니 말이다.

그런데 지금 메시지에 나타난 대로라면, 100의 공헌도를 파티원이 나눠 갖는 방식이었다.

이렇게 되면 총체적인 공헌도 획득 속도가 생각했던 것보다 다섯 배 느려지게 되는 것이었다.

정말 생각지도 못했던 상황에, 요나스의 이마를 타고 한 줄기 식은땀이 흘러내렸다.

'으, 이거 이렇게 되면……. 랭킹 뒤집는 게 문제가 아니고 클리어를 걱정해야 할 수준이잖아?'

한 개의 마력석을 파괴하는 데까지 천군 진영 랭커들이 소요한 시간은 총 1시간 반.

총 열다섯 개의 마력 결정을 파괴해야 모든 파티원이 클리어하게 되는 것이었으니, 그것은 사실상 불가능한 일이라고 봐야 했다.

시간을 최대한 단축시킨다고 하더라도 남은 시간 동안 얻을 수 있는 공헌도의 한계는 900도 채 되지 않을 테니 말이다.

상황을 전부 파악한 요나스의 머릿속이 점점 더 복잡해지기 시작하였고, 다른 파티원의 표정도 점점 굳어져 갔다.

어차피 900이라는 공헌도를 균등하게 배분해서는 단 한 사람도 퀘스트를 클리어하지 못한다.

때문에 최선책은 300의 공헌도가 만들어질 때마다, 대상을 바꿔 가며 공헌도를 몰아주는 것이다.

게다가 그렇게라도 되려면, 결국 두 명 이상의 희생이 필요했다.

그리고 랭커들 중에 희생하고 싶은 사람은 아무도 없을 것이었다.

한편, 마력 결정 퀘스트 팀이 난항을 겪고 있던 그 시간 동안, 훈이와 이안은 말 한마디 없이 열심히 망치질을 하고 있었다.

그리고 그 결과, 짧은 시간 안에 마력석 제련을 전부 마칠 수 있었다.

티버가 예상했던 시간보다 거의 두 배나 빠르게 모든 제련 작업을 마친 것이다.

"이게 마지막이지, 형?"

"오, 다 끝났어?"

"응. 빨리 포털 타러 이동하자."

"잠깐만 기다려 봐, 형. 지금 하던 거 한 개 남아 있어."

특히 사랑의 숲을 향한 열망(?) 때문인지, 훈이의 작업 속도는 그야말로 발군이었다.

노가다 머신 이안과 비교하여도 전혀 부족하지 않은 분량의 마력석을 제련해 내었으니 말이다.

그리고 이안이 작업하던 마지막 마력석의 제련이 끝난 순간.

띠링—!

두 사람의 눈앞에 새로운 시스템 메시지가 떠올랐다.

—마력석 제련에 성공하셨습니다!

—대장간에 남아 있는 모든 마력석을 제련하였습니다.

—조건을 충족하였습니다.

—요새 개발 기여도가 0.4퍼센트만큼 상승합니다.

이어서 메시지를 확인한 두 사람은, 빠르게 마력석들을 인벤토리에 챙기기 시작하였다.

이제 조금이라도 빨리, 차원의 숲으로 이동해야 했기 때문이었다.

그런데 마력석을 전부 챙겨 대장간의 밖으로 나서려던 그때…….

"잠깐."

"응? 왜 그래, 형?"

뭔가 이상한 것을 느낀 이안이, 문득 자리에 멈춰 섰다.

"기여도가 0.4퍼센트 올랐다고……?"

거의 두 시간에 가깝게 노가다를 한 결과로 오른 퀘스트 기여도가, 예상했던 것보다 너무 낮았기 때문이었다.

"어, 그러게? 생각해 보니 0.4퍼센트는 너무 낮은 것 같은데?"

이안과 훈이는, 거의 동시에 퀘스트 창을 열어 내용을 다시 한번 확인해 보았다.

퀘스트 자체는 무척이나 간결한 편이었기 때문에, 다시 읽는 데 그리 오랜 시간이 걸리지는 않았다.

(F)차원의 거인 레이드-2

퀘스트 분류 : 메인(히든) 퀘스트.
퀘스트 발생 조건 : (F)차원의 거인 레이드-1 퀘스트 클리어.

수비대장과의 친밀도 20 이상.
획득 가능 공적치 : 300~???
당신의 대장기술을 높이 평가한 수비대장은 당신에게 특별한 임무를 부여하였다.
용사들이 채굴해 온 마력석을 정제하여 노후된 요새를 정비하라는 것.
티버를 도와 노후된 요새를 수리하고 업그레이드하라!
강력한 방어 시설을 많이 개발해야만, 깨어날 거인을 상대로 요새를 지킬 수 있을 것이다.
퀘스트 성공 조건 : 요새 개발 기여도 3퍼센트 달성
퀘스트 보상 : 기여도 1퍼센트당 공적치 100
　　　　　　　　알 수 없는 보상 A, B (택 1)
*임무 과정에서 도태될 시, 획득 공적치가 100퍼센트 삭감됩니다.
*퀘스트 실패 시 다음 날 다시 도전이 가능합니다.

　퀘스트 내용을 다시 확인한 이안은, 빠르게 머리를 굴려 보았다.

　'흐음……. 시간당 0.2퍼센트밖에 안 되는 속도면, 남은 시간 쉬지 않고 노동해도 2퍼센트 정도밖에 달성 못 하겠는데?'

　처음 퀘스트를 받고 정보창을 확인했을 때, 이안은 퀘스트 내용이 무척이나 무난하다고 생각했었다.

　하지만 이렇게 첫 번째 임무를 끝내고 보니 조금 안일한 생각이었다는 느낌이 들기 시작했다.

　'역시……. 연계 퀘스트의 난이도를 그렇게 쉽게 설정해 놨을 리 없지.'

이안과 훈이가 이 퀘스트를 선택한 것은 어쩌면 도박일지도 몰랐다.

어쨌든 남들과 같은 퀘스트를 진행하면 계속해서 순위를 유지할 수 있었을 터였다.

그런데 다른 루트를 선택함으로 인해 스스로 변수를 만든 것이었다.

어쩌면 이안과 훈이는, 이 선택으로 인해 공적치를 역전당하게 될 수도 있다.

'그래도 남들 다 하는 걸 하는 것보단 특별한 걸 하는 게 끌리니까 어쩔 수 없지, 뭐.'

하지만 고민해 봐야 이제 와서 바꿀 수 있는 것은 없었기에, 이안과 훈이는 다시 걸음을 재촉했다.

그리고 포털에 들어서는 이안의 표정은 오히려 살짝 상기되어 있었다.

퀘스트 클리어 조건이야 어려울지언정 불가능하게 만들어 놓았을 리는 없다.

게다가 단순 노가다로 인한 기여도 상승분이 작다는 것은 기여도를 올릴 수 있는 다른 변수가 많다는 방증이라고 할 수 있다.

'재밌는 콘텐츠가 많았으면 좋겠는데 말이야.'

요새 증축에 어떤 콘텐츠들이 있을지 궁금해진 이안의 입꼬리가 슬그머니 말려 올라갔다.

애초에 변수를 두려워했다면, 지금의 이안이 존재할 수 없었을 것이었다.

드르륵– 쿠쿵–!

따앙– 따앙–!

깡– 깡– 깡–!

온갖 공구 소리가 울려 퍼지는 차원의 숲 천군 진영의 요새.

마력석을 한 무더기 들고 나타난 이안과 훈이를 티버는 무척이나 환대해 주었다.

"오, 이안, 벌써 제련 작업이 끝났는가?"

"당연하죠. 이런 전시 상황에선 빠릿빠릿하게 움직여야지 않겠습니까."

"크, 역시! 수비대장님이 자네를 왜 좋아하시는지 알겠구면."

티버와 기분 좋게 인사를 나눈 이안과 훈이는 곧바로 그를 따라 요새 위쪽으로 올라서기 시작했다.

티버의 막사 바로 옆에 자리 잡고 있는, 하늘 높이 솟은 웅장한 석탑.

나선형으로 만들어진 계단을 타고 높이 올라가자, 광활한 요새의 규모가 점점 더 눈에 들어오기 시작하였다.

그리고 계단의 가장 높은 곳까지 올랐을 때, 이안과 훈이는 가슴이 뻥 뚫리는 듯한 느낌을 받았다.

확 트인 시야와 함께 압도될 정도로 어마어마한 요새의 전경이 눈에 들어왔기 때문이었다.

티버가 자랑스런 목소리로 입을 열었다.

"자, 어떤가. 태초부터 우리 천군 진영을 지켜왔던, 유구한 역사를 가진 요새일세."

이안과 훈이, 그리고 티버가 서 있는 곳은 요새의 정 중앙에 있는 가장 높은 망루였다.

때문에 이안과 훈이는 주변을 둘러보는 것만으로도 요새의 구조를 한눈에 파악할 수 있었다.

"와, 여기 진짜 크네, 형."

훈이의 짧은 감탄사를 내뱉었고, 이안 역시 고개를 끄덕이며 동의했다.

"그러게. 우리 파이로 영지 요새와 비교해도 여기가 더 큰 것 같아."

이안은 매의 눈으로 요새 구석구석을 살피고 다녔다.

그는 한때, 한국대학교의 저명한 건축학과 교수까지 섭외해서 영지의 요새를 설계했던 전적이 있었다.

때문에 단순히 요새의 규모에 감탄하기보다는 그 짜임새와 구조를 더 주의 깊게 살피고 있었다.

그리고 잠시 후.

그런 이안을 향해 티버가 다시 말을 이었다.

이안과 훈이가 감탄하는 것을 보며 뿌듯했는지, 그의 목소리는 한층 상기되어 있었다.

"내가 자네들을 왜 이곳에 데리고 왔을까?"

티버의 물음에, 이안은 고개를 갸웃하며 대답하였다.

"글쎄요. 요새의 구조를 파악시켜 주기 위해서?"

이안의 대답에 티버는 고개를 끄덕이며 말을 이었다.

"반만 맞았다네."

"……?"

"요새의 구조를 파악하는 것도 중요하지만, 내가 자네들을 여기에 데려온 가장 큰 이유는……."

잠시 뜸을 들이는 티버.

그리고 그의 말이 이어짐과 동시에, 이안과 훈이의 앞에 새로운 시스템 창이 떠올랐다.

"오늘부터 자네들이 일하게 될 '일터'를 정해 주기 위함일세."

띠링-!

-퀘스트 진행을 위해, 요새의 구역 중 한 곳을 선택하십시오.

-선택한 구역에서 퀘스트가 진행되게 되며, 연계 퀘스트가 전부 끝날 때까지 구역을 변경할 수 없습니다(퀘스트 실패 후 재도전 시 가능).

-구역에 따라 획득 가능한 공헌도의 한계치와 난이도가 현저히 차이

나기 때문에 신중히 선택해야 합니다.

─제한 시간 내에 구역을 선택하지 않으면 랜덤한 구역으로 자동 선택됩니다(남은 제한 시간 : 240초).

메시지를 확인한 이안의 두 눈이 살짝 확대되었다.

'구역을…… 선택하라고?'

그것은 이번 퀘스트의 전개 방식이 처음부터 흥미진진했기 때문이었다.

망루의 사방으로 정신없이 시선을 움직이며, 조금 더 꼼꼼히 요새를 살펴보는 이안과 훈이.

그런 그들을 향해, 티버의 말이 다시 이어졌다.

"우리 천군 진영의 요새는, 총 백 군데로 분할되어 구역이 지정되어 있다네. 구역 선택 시 한 가지 팁을 주자면, 내성에 가까운 쪽으로 일터를 잡는 게 편할 거야."

"그건 왜죠?"

"외성에 가까운 구역일수록, 몬스터의 공격이 잦으니 말이지."

티버의 설명에, 훈이가 고개를 주억거리며 말했다.

"아하, 요새를 증축하는 와중에 공격받으면, 확실히 일하는 게 쉽지 않겠군요."

"바로 그거지."

티버의 설명을 듣는 와중에도 이안은 열심히 시선을 움직이며 요새를 분석하였다.

그리고 그렇게, 한 2분 정도 시간이 지났을까?

"결정했습니다."

이안의 입이 떨어지자, 티버와 훈이의 시선이 동시에 이안을 향했다.

그리고 다음 순간, 이안의 말이 이어졌다.

"A-11섹터로 하죠. 저기가 제일 마음에 드네요."

이안의 말이 끝나자마자, 순간적으로 흐르는 정적.

그런데 재밌는 것은, 이안의 말을 들은 훈이와 티버의 표정이 무척이나 상반된다는 것이었다.

티버의 표정은 도무지 이안의 결정을 이해하기 힘들다는 표정이었으며, 훈이의 표정은 그럴 줄 알았다는 표정이었으니 말이다.

"아니, 자네……. 내 설명을 잘 이해한 것 맞나?"

"무슨 설명요?"

"내가 분명, 내성 쪽에 가까운 요새일수록 일하기 수월할 것이라고 얘기해 줬는데……."

"아아, 그야 당연히 이해했습니다."

"그런데 어째서 외성에서도 가장 전투가 잦은 구역을 선택한 것인가?"

이안이 선택한 구역은 구불구불한 외성의 성벽 중에서도 유일하게 전방으로 툭 튀어난 위치였다.

때문에 티버가 당황한 것은 어쩌면 당연한 일이라고 할 수 있었다.

떨떠름한 표정의 티버를 향해 이안은 씨익 웃으며 대답하였다.

"그야, 이 요새에 누구보다도 큰 공헌을 하고 싶어서입니다."

"……!"

"가장 어려운 자리에서 최고의 실력을 발휘한다면, 천신들께서 제 공로를 치하해 주시겠지요."

"과, 과연……!"

이안의 말에 감명받은 것인지, 티버는 연신 탄성을 터뜨려댔다.

한편 청산유수같이 대화를 이어 가는 이안을 보며, 훈이는 속으로 다른 의미에서 감탄하고 있었다.

'크, 그냥 공헌도 많이 쌓고 싶다는 말을 저렇게 포장해서 말해 버리네. 역시 이안 클래스……!'

티버의 설명이 있기 전.

이미 두 사람은 시스템 메시지를 통해 한 가지 사실을 확인했었다.

난이도가 어려울수록 많은 공헌도를 획득할 수 있다는 사실 말이다.

그리고 지금까지 늘 그래왔듯, 이안의 게임 플레이 스타일은 하이 리스크를 감수하고서라도 과감히 도전해 최대의 보상을 뽑아 내는 것.

이안을 수 없이 보아 온 훈이로서는 이안의 선택을 너무도 쉽게 예상할 수 있었다.

"그래, 이안. 기왕 어려운 길을 택했으니, 훌륭히 임무를 완수하고 돌아오시게."

"물론입니다, 티버."

이안의 씩씩한 대답에 흡족한 표정이 된 티버는 고개를 끄덕이며 손을 뻗었다.

그러자 그 앞에 푸른빛의 포털이 생성되었다.

"자, 이 포털로 이동하면, 자네들이 선택한 구역으로 곧바로 이동될 거야."

"그것 참 편하군요."

"그럼, 행운을 비네."

이안은 고개를 끄덕였고, 망설임 없이 포털을 향해 걸음을 옮겼다.

그런데 그때, 이안의 뒤편에 있던 훈이가 다급하게 입을 열었다.

"자, 잠깐!"

"왜 그러는가, 간지훈이."

"나, 나한테는 선택권이 없는 겁니까?"

"음……?"

"나는 다른 곳으로 가고 싶을 수도 있잖아요!"

훈이의 게임 성향 또한 이안과 크게 다르지 않다.

때문에 훈이 또한 당연히 어려운 난이도로 트라이하여 최대의 보상을 획득하고 싶었다.

그러나 그것과는 별개로 이안과 같은 곳으로 가고 싶지 않았던 것.

'난 다른 구역으로 가서 따로 캐리할 거라고! 저 형 옆에 있으면 심부름만 하다가 끝날 것 같단 말이야!'

하지만 훈이의 반발은 씨알도 먹히지 않고 진압되었다.

"그대는 이안과 세트가 아닌가."

"……?"

"잔말 말고 따라가시게."

위잉-!

결국 세트로 포털에 입장한 이안과 훈이는 이안이 선택한 A-11섹터의 위치로 이동하였다.

그리고 그곳에 도착하자마자 두 사람의 앞에 새로운 시스템 메시지가 떠올랐다.

띠링-!

-차원의 요새 A-11섹터에 입장하셨습니다.

허술한 요새의 빈틈을 수선하고, 더욱 강력한 방어 시설을 개발하십시오.

요새가 견고해질수록 많은 공헌도를 획득할 수 있습니다.

*'A-11 차원의 마력탑'이 파괴되면 임무에 실패하게 됩니다.

*요새 증축 도중 사망하게 되면 임무에 실패하게 됩니다.

*몰려오는 몬스터를 처치할 때마다, 몬스터의 등급에 비례하는 공헌도를 획득할 수 있습니다(요새의 방어 시설을 이용하여 처치한 몬스터만이 공헌도 산정에 포함됩니다).

00시간 04분 59초 뒤에 몬스터의 공격이 시작됩니다.

메시지를 전부 확인한 이안과 훈이는, 퀘스트의 정확한 매커니즘을 파악하기 위해 부산이 움직이기 시작했다.

5분이라는 시간제한이 있었으니, 어떤 식으로 요새 수리를 시작해야 할지 빠르게 파악하는 게 중요했다.

"아무래도 이 차원의 마력탑이라는 게 가장 중요한 거 같지?"

"그런 것 같아, 형."

그리고 카일란에 도가 튼 이안과 훈이는 금세 퀘스트의 방향성을 깨달을 수 있었다.

'요새를 증축하고 발전시키면서 몰려드는 몬스터를 막아내야 하는 디펜스 게임 같은 거네.'

이안의 입꼬리가 씨익 올라갔다.

요새의 지형을 살피면 살필수록 좋은 위치를 잘 골랐다는 느낌이 들었기 때문이었다.

이안과 훈이가 선택한 A—11섹터.

이곳은 언뜻 보면 최전방으로 튀어나와 있어 무척이나 위험해 보이는 위치였지만, 근방에서 가장 높은 지대에 성벽이 형성되어 있어 이런 디펜스 게임을 하기에는 정말 최적화된 입지라고 할 수 있었다.

지형 확인이 끝난 훈이와 이안은 방어 타워를 생성하기 가장 좋은 위치를 찾았다.

그리고 가지고 있는 자원을 소모하여 건설할 수 있는, 방어 타워들의 종류를 확인해 보았다.

A. 마력의 석궁 타워

등급 : 일반
공격력 : 520(타입 : 단일/물리)
방어력 : 250
내구도 : 85,000
소모 자원 : 차원의 마력 : 12.5
　　　　　　차원의 철광석 : 쉰 개
　　　　　　마력의 흑단목 : 서른다섯 개
소모 시간 : 150~250초
제작 난이도 : 下

B. 마력의 전류 타워

등급 : 일반
공격력 : 175(타입 : 광역/마법)
방어력 : 250
내구도 : 100,000

소모 자원 : 차원의 마력 : 12.5
　　　　　차원의 철광석 : 마흔다섯 개
　　　　　마력의 흑단목 : 일흔 개
소모 시간 : 250~550초
제작 난이도 : 하

C. 튼튼한 마력의 석벽

……중략……

*기술력 부족으로 아직 건설할 수 없는 타워가 열다섯 종류 존재합니다.
*방어 시설을 건설할 시 낮은 확률로 새로운 타워를 개발하는 데 필요한
단서를 찾을 수 있습니다.
*타워 건설 중 전체 내구도의 20퍼센트 이상의 피해를 입을 시 타워 건
설에 실패합니다(실패 시 소모된 자원은 50퍼센트만큼 돌려받습니다).

'으, 이거 시간이 5분밖에 없는데 뭐 이리 복잡한 거야?'

내용을 대략적으로 파악한 이안은, 먼저 활용 가능한 자원
부터 살펴보았다.

'차원의 마력석이 대충 백 개쯤 있는 것 같은데……. 이거
녹이면 한 개당 차원의 마력 10포인트, 차원의 철광석 스무
개니까.'

이안과 훈이가 제련해 온 차원의 마력석들을 사용하면, 개
당 10포인트의 차원 마력과 스무 개의 차원 철광석을 획득할
수 있다.

때문에 지금 상황에선 필요한 자원 중 '차원 마력'과 '차원
철광석'은 넘쳐난다고 할 수 있었다.

'문제는 흑단목이야. 이거 요새 안에 기본으로 주어진 게 이백 개뿐이네.'

건설 가능한 타워들과 보유한 자원을 따져 보며 빠르게 머리를 굴리는 이안과 훈이.

이어서 두 사람이 콘텐츠를 파악하는 동안 주어졌던 5분이라는 시간은 훌쩍 지나 버리고 말았다.

띠링-!

-대기 시간이 전부 소진되었습니다.

-이제부터 몬스터의 공격이 시작됩니다.

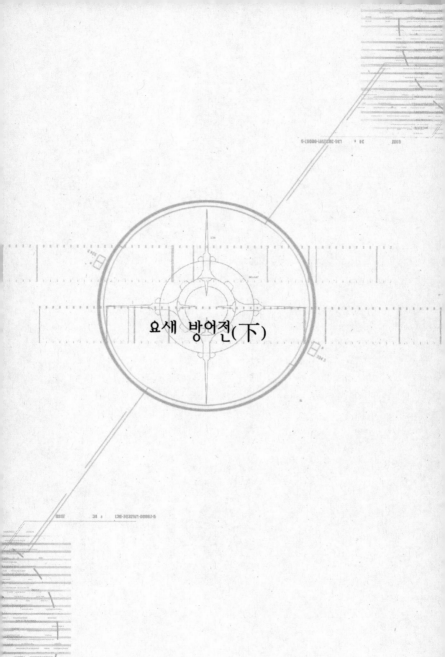

요새 방어전(下)

Taming
Master

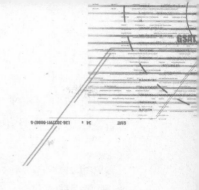

이안과 훈이는 둘 다 소환 계열의 클래스 보유자이다.

때문에 몬스터 웨이브가 시작되자마자 가장 먼저 떠올린 것이 소환수의 활용이었다.

"처음부터 강력한 몬스터들이 나타나지는 않겠지, 형?"

"아마도 그렇겠지?"

"일단 소환수들로 버티면서, 빨리 기본 타워라도 건설하자."

"그게 좋겠어. 첫 웨이브들 정도는 소환수로 충분히 커버가 될 테니까."

훈이와의 짧은 의견 교환을 끝낸 이안은, 곧바로 소환수들을 소환하여 요새의 전방에 배치하였다.

그리고 그와 동시에, 멀찍이서 몰려오는 일단의 몬스터 무리들을 발견할 수 있었다.

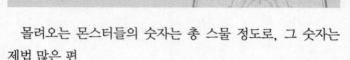

차원의 악령 : Lv 5
포악한 차원 불곰 : Lv 6

몰려오는 몬스터들의 숫자는 총 스물 정도로, 그 숫자는 제법 많은 편.

하지만 초월 레벨이 5~6밖에 되지 않는 허약한 몬스터들이었기 때문에, 이안과 훈이는 안심할 수 있었다.

그리고 등장한 몬스터들의 수준이 생각보다 낮자, 이안은 약간의 욕심이 생겼다.

'소환수들이 처치하면 공적치를 획득할 수가 없으니, 최대한 생명력만 깎아 놓고 죽이지는 말라고 해야겠어.'

처음 A-11섹터에 도착했을 때, 이안의 눈앞에 떠올랐던 한 줄의 메시지.

*몰려오는 몬스터를 처치할 때마다, 몬스터의 등급에 비례하는 공헌도를 획득할 수 있습니다(요새의 방어 시설을 이용하여 처치한 몬스터만 이 공헌도 산정에 포함됩니다.)

이 때문에 이안은, 몰려드는 몬스터들의 막타를 최대한 타워에 몰아줘 볼 생각이었다.

'흐흐, 생각대로만 된다면, 공적치를 쓸어 담을 수 있겠어.'

아직 몬스터 처치로 인한 공적치가 어느 정도일지 전혀 모르지만, 계속해서 공적치가 쌓일 생각만으로도 신이 나는 이안.

그는 소환된 소환수들에게, 생각해 두었던 오더를 빠르게 전달하였다.

"라이, 카르세우스. 가능하면 적들을 처치는 하지 말고 생명력만 최대한 빼 줘."

"크릉? 알겠다, 주인."

"뭐, 이유는 모르겠지만……. 그러도록 하지."

이안의 오더가 조금 의아하기는 했지만, 라이를 비롯한 소환수들은 곧바로 고개를 끄덕이며 전장을 향해 이동하였다.

적어도 전투에 임할 때만큼은 이안에 대한 소환수들의 믿음이 절대적이었으니 말이다.

이안에 이어 훈이도 자신의 소환수들에게 마찬가지의 오더를 하였고.

소환수들의 세팅이 끝난 두 사람은, 미리 봐 두었던 자리에 방어 타워 건설을 시작하였다.

"최대한 빨리 만들자, 훈아. 첫 번째 웨이브는 쉬워 보이지만, 몬스터들이 금방금방 추가될 수도 있으니까."

"오케이, 알겠어, 형."

이안과 훈이는 분주하게 움직이기 시작하였다.

그리고 두 사람 모두 표정이 적잖이 상기되어 있었다.

두 사람 모두 카일란에서 '건설'이라는 콘텐츠를 직접 접해 보는 것은 이번이 처음이기 때문이었다.

'시설물 건설을 직접 하는 건 처음인데……. 크게 어렵진 않겠지?'

이안은 시스템이 알려 주는 대로 '건설' 탭을 오픈하고 바닥에 재료를 내려놓았다.

그러자 곧바로, 몇 줄의 시스템 메시지가 떠올랐다.

띠링-!

-시설물 '방어 타워' 건설이 가능한 위치입니다.

-어떤 방어 타워를 건설하시겠습니까?

시스템 메시지를 확인한 이안은 잠시 훈이와 눈빛을 교환하였다.

그리고는 망설임 없이 생각해 두었던 방어 타워를 선택하였다.

"'마력의 석궁 타워'를 건설하겠어."

마력의 석궁 타워는, 현재 두 사람이 건설할 수 있는 타워들 중 가장 기본적인 타워이다.

때문에 당연히, 성능도 가장 떨어질 수밖에 없다.

그렇다면 이안과 훈이는, 더 높은 티어의 타워들을 건설할 수 있음에도 불구하고 왜 가장 기본적인 타워를 선택한 것일까?

그 이유는 간단했다.

지금 두 사람에게 한정적인 자원인 '흑단목'이 이 기본 타워에 가장 조금 들어가기 때문이었다.

또, 건설에 필요한 시간이 다른 타워들에 비해 월등히 짧기 때문이기도 하였다.

'이런 디펜스 게임에서는, 처음부터 욕심 부리다간 패가망신하는 법이지.'

필요한 재료들을 챙겨 '마력의 석궁 타워' 건설을 확정짓는 이안.

그러자 이안의 앞에 기초공사에 해당하는 작업 과정이 홀로그램처럼 떠오르기 시작하였다.

-'마력의 석궁 타워'를 선택하셨습니다.

-건설을 시작합니다.

-작업순서를 맞춰 건설을 진행하십시오.

-순서가 틀리거나 일정 수준 이상의 완성도에 도달하지 못한다면, 건설에 실패할 수 있습니다.

시스템은 무척이나 친절했다.

기초 공사 과정부터 시작해서 뼈대를 잡고 살을 붙여 마무리하는 단계까지 홀로그램으로 차례차례 띄워 주니, 헤메거나 어려울 만한 부분이 딱히 없는 것이다.

땅- 땅- 땅-.

덕분에 훈이와 이안 모두, 어렵지 않게 작업을 이어 나갈 수 있었다.

　－'마력의 석궁 타워'를 건설 중입니다.

　－건설 진척도 : 23.56퍼센트

　－건설 진척도 : 24.32퍼센트

　……중략……

　－건설 진척도 : 92.99퍼센트

　－뼈대 제작 과정에서 이음새가 벌어졌습니다.

　－진척도가 5퍼센트만큼 감소합니다.

　－건설 진척도 : 87.99퍼센트

중간중간 한 번씩 실수를 하기는 했지만, 결국 이안과 훈이은 200초 안쪽으로 첫 타워의 완공에 성공하였다.

정보 창에 떠 있던 건설 시간이 150~250초였던 것을 감안한다면, 처음치고 나쁘지 않은 성적.

두 사람모두 어느 정도 손재주 스탯을 가지고 있었기에 가능했던 일이었다.

띠링－!

　－'마력의 석궁 타워'가 완공되었습니다!

　－요새 개발 기여도가 0.05퍼센트만큼 상승합니다.

　－시설물 '마력의 석궁 타워'에 대한 이해도가 12만큼 상승합니다.

　－'마력의 석궁 타워'에 대한 이해도가 30에 도달하면, 상위 등급의 방어 타워로 업그레이드가 가능합니다.

메시지를 확인한 이안과 훈이는 두 눈에 살짝 이채를 띠었다.

'오호, 기본 타워를 업그레이드해서 쓸 수도 있는 거군.'

상위 타워를 건설해야 할 때 철거할 생각까지도 하고 있었던 이안과 훈이는, 생각지도 못했던 콘텐츠에 기분 좋은 표정이 되었다.

하지만 잠시 후, 또 다른 고민에 빠질 수밖에 없었다.

콘텐츠에 대한 정보가 없다 보니 어떤 식으로 운용하는 게 효율적일지 감이 오지 않은 것이다.

"근데 형, 이거 '이해도'라는 걸 더 올리려면, 같은 타워로 두 개 더 지어야 하는 걸까?"

"글쎄. 그렇게 무식하게 만들어 놓지는 않았을 것 같은데……."

그러나 고민도 잠시.

퍼어엉-!

완공된 타워에서 거대한 석궁이 쏘아지자, 이안과 훈이의 시선은 그것에 고정될 수밖에 없었다.

그들이 만든 첫 번째 타워가 어떤 식으로 몬스터를 처치하는지, 확인하고 싶었으니 말이다.

"……!"

"오!"

그리고 다음 순간…….

콰득-!

석궁이 몬스터에게 명중됨과 동시에 시스템 메시지들이 주르륵 하고 떠올랐다.

-'마력의 석궁 타워'가 '포악한 차원 불곰'에게 치명적인 피해를 입혔습니다!

-'포악한 차원 불곰'의 생명력이 275만큼 감소합니다!

-'포악한 차원 불곰'을 성공적으로 처치하셨습니다!

-처치 기여도 : 1.5퍼센트

-기여도에 비례하여 공헌도가 0.005만큼 증가합니다.

그런데 메시지들을 확인한 이안과 훈이는 순간적으로 굳은 표정이 되었다.

공헌도를 산정하는 방식이 예상과 완전히 달랐기 때문이었다.

'어, 이렇게 되면 막타 전략이 의미가 없는 거잖아?'

소환수들로 최대한 생명력을 빼 놓은 뒤 타워들을 활용해 막타만 빼먹으려던 이안의 전략이 처음부터 무의미해져 버린 것이다.

처치 기여도에 따라 공헌도가 산정되는 방식을 확인한 이안과 훈이는, 전략을 완전히 바꿔 버렸다.

"일단은 자원 다 떨어질 때까지 죽어라고 타워만 지어야겠어."

"그러자. 이거 석궁 타워 하나만으론 화력이 택도 없는 것 같아."

석궁 타워의 공격력은, 기본 타워 치고 무척이나 강력했다.

두 발 정도 석궁을 발사하면, 차원 레벨 5~6정도 되는 기본 몬스터들을 처치할 수 있었으니 말이다.

하지만 그것과 별개로 공격 속도가 너무 느린 것이 문제였다.

'타워로 몬스터들을 잡아서 유의미한 공헌도를 뽑아내려면, 결국 소환수들의 전투력에 의존해서는 안 돼.'

처치 기여도에 가장 많은 영향을 미치는 것은 당연히 대상에 입힌 피해였다.

하지만 어그로를 끌어 탱킹을 하는 것만으로도, 일정부분 기여도를 가져올 수가 있다.

때문에 딜러형 소환수부터 시작해서 탱킹형 소환수들까지, 어떤 소환수도 전투에 참전시키지 않은 채 시설물들로만 몬스터를 상대하는 것이 가장 많은 공헌도를 획득할 수 있는 길이라고 할 수 있었다.

콘텐츠를 기획한 기획 팀에서, 유저들이 활용할 수 있는 모든 종류의 꼼수를 막아 놓은 것이다.

'지금 악령이나 곰탱이를 타워가 온전히 처치했을 때 얻을

수 있는 공헌도가 0.3정도…….'

첫 웨이브에 등장한 가장 허약한 몬스터들의 경우 총 1천 마리 정도를 타워로 처치해야 겨우겨우 300의 공헌도가 만들어진다.

하지만 지금 석궁 타워가 보여 주는 DPS로는 1천 마리가 아니라 1백 마리 처치하는 데에도 한세월 걸릴 것 같은 느낌이었다.

'상위 타워를 지으려면 결국 흑단목을 채집하러 숲에도 다녀와야 하는데……. 이거 시간이 너무 빠듯해.'

공헌도를 쌓기 위한 가장 효율적인 방법을 떠올리기 위해, 이안과 훈이는 쉴 새 없이 머리를 굴리기 시작하였다.

그리고 잠시 후.

생각에 빠져 있던 훈이가 제법 괜찮은 아이디어를 내어 놓았다.

"형, 그럼 이건 어때?"

"뭐……?"

"우리 소환수들한테 차라리 흑단목을 채집해 오라고 하는 거야. 뿍뿍이나 빡빡이 같은 애들은 힘들지 몰라도, 인간형 소환수들은 충분히 가능할 것 같은데?"

"오호, 그거 괜찮은데……?"

소환수들을 채집에 보내는 건 분명히 리스크가 따르는 일이다.

지금이야 몬스터들의 전투력이 허약해서 타워 한 개만으로도 방어가 가능했지만, 웨이브가 이어지면 어떻게 난이도가 상향될지 모르니 말이다.

하지만 이안과 훈이는, 더 이상 고민할 것도 없이 모험을 감행하기로 결정하였다.

"일단 기본 타워 두 개 더 지어서 이해도 30 채운 다음에, 타워 세 개 싹 다 업그레이드해서 티어 올려 버리자."

"그래, 좋았어. 그렇게만 해도 일단 방어 라인이 좀 안정화될 테니까……. 그 다음에 상위티어 타워들을 하나씩 제작해 보자고!"

카일란 한국 서버에서 최고로 꼽히는 듀오답게 손발이 척척 맞아떨어지는 이안과 훈이.

두 사람은 마치 뭐에 쓰이기라도 한 듯 미친 듯이 망치를 휘두르기 시작하였고…….

깡– 까깡– 깡–.

쾅– 쾅!

거대한 석벽만이 덩그러니 서 있던 A–11섹터에는 점점 그럴싸한 방어시설들이 올라가기 시작하였다.

–'마력의 석궁 타워'가 완공되었습니다!

–요새 개발 기여도가 0.05퍼센트만큼 상승합니다.

–시설물 '마력의 석궁 타워'에 대한 이해도가 12만큼 상승합니다.

–'마력의 석궁 타워'가 완공되었습니다!

……중략……

–'마력의 석궁 타워'에 대한 이해도가 2단계에 도달하였습니다.

–지금부터 '마력의 석궁 타워'를 '마력의 포탑'으로 증축할 수 있습니다.

하지만 이안과 훈이가 만든 방어 타워들이 하나씩 추가되는 것과는 별개로 퀘스트의 난이도는 점점 더 어려워지고 있었다.

시간이 지날수록 요새를 향해 몰려드는 몬스터들의 전투력이 점점 더 강해지고 있었으니 말이다.

–새로운 몬스터 무리가 등장하였습니다.

–요새 외벽의 내구도가 30퍼센트만큼 감소하였습니다!

–요새 외벽을 수리하십시오!

최초에는 성벽 근처까지 접근조차 제대로 못했던 몬스터들이, 이제는 내구도가 십만이 넘는 성벽에 제법 피해를 입히기 시작한 것.

하지만 이안과 훈이에게 최초의 위기가 온 것은, 몰려오는 일반적인 몬스터들 때문이 아니었다.

위험할 때마다 훈이의 광역 마법을 동원하여, 꾸역꾸역 잘 막아 내고 있었으니 말이다.

두 사람이 지키는 요새를 처음으로 위협한 것은 바로, 몬스터 웨이브가 시작된 지 1시간여 만에 등장한, 거대한 에픽 몬스터였다.

띠링—!

—에픽 몬스터 '포악한 차원의 망령'이 나타납니다.

거의 성벽의 높이에 육박할 정도로 거대한 몸집을 가진 준보스급의 몬스터가 숲속에서 모습을 드러낸 것이었다.

용사의 마을 콘텐츠가 업데이트된 지도 이제 제법 많은 시간이 흘렀다.

첫날과 둘째 날에 용사의 마을로 진입한 랭커들이 이제 대부분 '정예병'의 등급에 입성했을 정도였으니 말이다.

때문에 이제 용사의 마을은 제법 많은 랭커들로 북적북적했다.

각 서버별로 상위 100위권 정도까지의 랭커들은 전부 용사의 마을 입성에 성공하였으니, 마을 안에 들어온 유저들만 수천 명이 넘은 것이다.

처음 이안이 입성할 때만 해도 유령도시처럼 휑하기 그지없던 용사의 마을은, 이제 여느 대도시 부럽지 않게 활기를 띠고 있었다.

"영웅 점수 넉넉하신 분! 1포인트당 10만 골드로 교환 좀 부탁드립니다! 아니면 신병 세트 풀 세트 합해서 1천만 골드로 구매합니다!"

"1시간쯤 있다가 '군락섬멸전' 메인 퀘 같이 가실 힐러 한 분, 탱커 한 분 구합니다! 퀘 진입하기 전까지는 앞마당에서 파밍할 예정입니다!"

랭커들의 표정은 무척이나 활기차고 신나 보였다.

용사의 마을 콘텐츠가 무척이나 다양했으니, 그동안 콘텐츠에 목말라 있던 랭커들로서는 신바람이 날 수밖에 없는 것이다.

물론 처음부터 메인 퀘스트를 받지 못한 이안에게는 용사의 마을 초반부가 지옥 같았지만, 평범하게(?) 퀘스트를 진행한다면 마을 근방에 있는 작은 던전들을 공략하는 것부터 시작해서 할 것이 넘쳐나는 곳이 바로 이곳, 용사의 마을이었으니까.

어찌 되었든 계속해서 유입되는 신규 랭커들 덕에, 활기가 넘치는 용사의 마을 광장.

그런데 이 광장의 한편에, 두 여성 유저가 심각한 표정으로 대화를 나누고 있었다.

"차원의 숲 포털이 열리는 시간이 12시라고 했으니까……. 벌써 한 4시간 지나 버린 거네요."

"네, 맞아요, 레비아 님. 이거 첫 퀘 엄청 빡세다고 들었는데, 오늘은 어쩌면 실패 각오하고 들어가야 할지도 모르겠네요."

"퀘스트 내용이 뭔데요?"

"훈이랑 이안이한테 들었는데, 첫 연계 퀘스트는 채굴퀘라고 하더라고요."

"음, 채굴…… 퀘스트요?"

"넵."

"하아, 그런 거 해 본 적 없는데……. 레미르 님은 채굴해 본 적 있으세요?"

"네. 전 우리 이안 국왕님 덕에 몇 번 해 볼 기회가 있었……죠."

두 사람의 정체는 바로, 한국 서버 최고의 마법사와 사제 랭커인 레미르와 레비아.

그리고 잠시 후, 몇몇 다른 유저들도 그녀들의 옆에 다가와 대화에 참여하였다.

"이제 더 지체 말고 빨리 들어가야 할 것 같은데, 다들 장비 세팅은 끝나신 거겠죠?"

"아, 네. 물론이죠. 헤르스 님도 준비 다 끝나신 거죠?"

"옙, 그렇습니다."

"흠, 그나저나 피올란 님이랑 유신 님은 언제쯤 오시려나……."

"유신이는 방금 전에 잡화상에 있었으니 금방 올 테고, 피올란 님은 클로반 형이랑 카윈이 데려온다고 했으니 조금만 더 기다려 보죠."

그리고 5분 정도의 시간이 지났을까?

레미르와 레비아가 있던 자리에는, 두 사람을 포함하여 어느새 총 일곱 명이나 모여 있었다.

용사의 마을이라는 최상위 콘텐츠 덕에, 오랜만에 로터스의 수뇌부들이 전부 한자리에 모인 것이다.

(물론 솔로 플레이를 지향하는 레비아는 아직까지도 길드가 없었지만, 사실상 로터스 길드원이나 다름없을 정도로 친분이 두터웠다.)

인원이 전부 모인 것을 확인한 헤르스가, 랭커들을 둘러보며 마지막으로 파티 상태를 점검하였다.

"F-1 메인퀘는 다들 받아 오셨을 테고……. 지금 바로 포털 들어갈 생각인데, 다들 준비 끝나셨죠?"

"넵!"

"다 됐다, 유현아. 시간 아까운데 빨리 좀 들어가자."

"어차피 늦었어요, 클로반 님. 너무 조급하게 생각하지 말자고요."

"맞아, 형. 형은 좀 조급증을 고칠 필요가 있어."

"크흠. F단계부터 난이도가 팍 올라간다며. 그러니까 자꾸 서두르는 거지."

오랜만에 한자리에 모여서 그런지, 왁자지껄 투닥대는 로터스의 멤버들.

하지만 그것과는 별개로, 일행은 랭커들답게 헤르스의 통제에 따라 일사불란하게 움직였다.

그리고 포탈에 진입하기 전.

마지막으로 레비아가 궁금하다는 듯 헤르스를 향해 물어보았다.

"그런데 헤르스 님."

"네, 레비아 님."

"이거 보니까 퀘스트 실패 페널티도 있는 것 같은데……. 8시간 만에 클리어 못 할 것 같으면 아예 내일 트라이하는 것도 괜찮지 않을까요?"

레비아의 질문은 무척이나 타당한 것이었다.

통 12시간이 주어지는 롱 텀 퀘스트라고는 하지만, 이미 그중 3분의 1이 넘는 시간이 지나 버린 상태.

게다가 난이도가 엄청나게 높다는 이야기들을 들었으니, 하루 건너뛰고 다음 날 트라이하는 게 낫다는 생각을 충분히 할 수 있는 것이다.

하지만 헤르스는 고개를 살짝 저으며 그녀의 질문에 대답하였다.

"뭐, 일리 있는 말씀이시긴 하지만 걱정하실 것 없어요."

"으음?"

"우리에겐 '선발대'가 있으니까요."

"네?"

생각지 못했던 헤르스의 대답에, 레비아의 두 눈이 살짝 커졌다.

하지만 당황한 것은 레비아뿐만이 아니었다.

"엥, 선발대는 무슨 선발대? 우리보다 퀘스트를 더 빨리 클리어하고 선발대로 들어갈 수 있는 멤버가 어디 또 있다고?"

　의아한 표정이 되어 헤르스를 응시하는 카윈.

　그런 카윈을 향해, 헤르스는 씨익 웃어 보이며 대답하였다.

　"있지 왜 없냐?"

　"……?"

　"이안이랑 훈이. 걔들이 도와주기로 했거든."

　깡- 깡- 깡-!

　"그런데 이안 형."

　까강- 깡- 까앙-!

　"응?"

　"대체 우리 도와준다는 지원군은 언제 오는 거야?"

　깡- 깡-!

　"몰라. 올 때 된 것 같은데……. 이 사람들, 왜 이렇게 몸이 굼떠?"

　"아니, 대체 누굴 부른 건지라도 말해 주면 안 돼?"

　깡- 까강-!

"응, 귀찮아. 신경 끄고 빨리 성벽이나 수리해. 그러다가 거기 뚫리면 진짜 골치 아파진다고."

"쳇……. 알겠어."

용사의 요새 최전방에 위치한 A-11섹터.

이곳에서 지금 이안과 훈이는, 쉴 새 없이 망치를 두들기며 아슬아슬한 줄타기를 하고 있었다.

새로 등장한 에픽 몬스터가 생각했던 것보다 더욱 하드코어한 난이도를 가지고 있었기 때문이었다.

'으으, 티버 그 인간이 이안 형이랑 나를 같이 보낸 이유를 이제 알겠네. 만약 여기에 혼자 떨어졌으면, 아무리 이안 형이라고 해도 차원의 마력 탑 이미 깨졌고 퀘스트는 실패했겠지.'

전신에 땀을 뚝뚝 흘리며 쉴 새 없이 망치질을 하고 있는 훈이.

그런 훈이의 눈앞에는 망치질 소리만큼이나 쉴 새 없이 시스템 메시지들이 떠오르고 있었다.

띠링-!

-요새 외벽이 '포악한 차원의 망령'에게 공격당합니다!

-요새 외벽의 내구도가 980만큼 감소하였습니다!

-요새 외벽의 내구도가 1,023만큼 감소하였습니다!

-'포악한 차원의 망령'이 '분노의 몸통박치기'를 사용하였습니다.

-요새 외벽의 내구도가 1,789만큼 감소하였습니다!

이안과 훈이가 지키는 A-11섹터에 처음으로 등장한 에픽 몬스터인 포악한 차원의 망령.

이 차원의 망령이 등장한 지도 벌써 20분이 다 되어 가건 만, 이안과 훈이는 아직도 이 녀석을 처치하지 못한 상황이 었다.

녀석의 어마어마한 생명력도 문제였지만, 사실 가장 큰 문 제는 에픽 몬스터인 녀석이 가지고 있는 특수한 고유 능력이 었다.

*차원의 방호막
차원의 마력이 담긴 공격 외에는, 그 어떤 공격에도 피해를 입지 않습
니다.

'확인은 못 했지만, 아이언 스웜도 분명 이 특성을 가지고 있었겠지.'

차원 속성의 공격이 아니고서는 모든 공격이 무효화되어 버리니, 이안과 훈이의 전투력이 아무리 대단해도 이 녀석을 처치할 길이 없었던 것이다.

현재 녀석에게 유일하게 대미지를 입힐 수 있는 수단은, 오로지 두 사람이 지을 수 있는 공격 타워뿐.

'차원의 마력 탑'으로부터 에너지를 공급받아 적을 공격하 는 요새의 타워들만이, 이 괴물 같은 녀석에게 피해를 입힐

수 있었다.

"이안 형, 그거 언제 완성되는 거야? 이러다가 성벽 무너지겠어!"

"조금만 더 버텨 봐! 거의 다 됐으니까!"

역할을 분담해서 훈이는 방어벽을 수리하고, 이안은 새로운 타워를 건설하며 겨우겨우 망령의 공격을 버텨 내고 있는 두 사람.

콰쾅-!

깡- 깡- 까강-!

그리고 그런 두 사람의 수비가 얄미웠는지, 망령은 허공을 향해 포효하였다.

-크아아악. 이 쥐새끼 같은 놈들! 가만두지 않겠다!

하지만 이안과 훈이는 악령이 무슨 짓을 하든 신경 쓰지 않고 계속해서 망치를 두들길 뿐이었다.

우여곡절 끝에 악령의 생명력도 절반 이하까지 떨어졌으니, 이안이 지금 짓고 있는 타워만 완성된다면 이번 웨이브는 무사히 넘길 수 있을 것이었다.

까강- 깡-!

그 어느 때보다 더욱 정신을 집중하여, 마지막까지 망치를 휘두르는 이안!

'조금만 더⋯⋯! 실수 없이 마무리 작업만 끝마치면, 여기서 타워를 완성할 수 있어!'

지금 이안이 건설 중인 타워는 기초 타워들과는 차원이 다른 고급 타워였다.

　때문에 건설 난이도 또한 비교도 안 되게 높다고 할 수 있었다.

　타워의 골조를 전부 완성한 이안은 미리 만들어 두었던 포탑을 조심스레 타워의 상단에 끼워 넣었다.

　철컥-!

　그러자 이안의 눈앞에 시스템 메시지들이 주르륵 하고 떠오르기 시작하였다.

　띠링-!

　-'마력의 광선 타워'를 건설 중입니다.

　-건설 진척도 : 98.93퍼센트

　-포탑 설치 작업을 성공적으로 마무리하였습니다.

　-진척도가 1.05퍼센트만큼 증가합니다.

　-건설 진척도 : 99.98퍼센트

　-'마력의 광선 타워'가 완공되었습니다!

　-요새 개발 기여도가 0.15퍼센트만큼 상승합니다.

　-시설물 '마력의 광선 타워'에 대한 이해도가 20만큼 상승합니다.

　-'마력의 광선 타워'에 대한 이해도가 30에 도달하면, 상위 등급의 방어 타워로 업그레이드가 가능합니다.

　그리고 완성 메시지를 확인한 이안은 저도 모르게 환호성을 내질렀다.

"됐다!"

무려 10분이 넘는 사투 끝에 겨우 완성해 낸 타워였으니, 뿌듯할 수밖에 없는 것이다.

"형, 다 됐으면 여기나 빨리 도와! 이제 진짜 간당간당 하다고!"

"오케이!"

타워가 완성되자마자, 이안은 재빨리 몸을 날려 훈이가 붙어 있는 외성을 향해 뛰어올랐다.

그러나 성벽을 향해 달리는 와중에도 이안의 시선은 타워를 향해 있었다.

이렇게 힘들게 만들어 낸 타워가 과연 어떤 위력을 보여 줄지 궁금했으니 말이다.

그리고 다음 순간.

그긍- 그그긍-!

작동하기 시작한 '마력의 광선 타워'가 목표물을 향해 포문 砲門를 움직이기 시작하였다.

"오오!"

열심히 성벽을 수리하던 훈이 또한 타워의 위력이 궁금했는지 고개를 돌려보았다.

우우웅-.

그리고 두 사람의 기대에 부응이라도 하듯, 마력의 광선 타워는 어마어마한 굉음과 함께 위력적인 레이저를 뿜어내었다.

콰아아아-!

그리고 이안과 훈이의 눈앞에는 어지러울 정도로 어마어마한 양의 메시지들이 깔려 내려오기 시작하였다.

-'마력의 광선 타워'가 에픽 몬스터 '포악한 차원의 망령'을 공격하기 시작합니다.

-'포악한 차원의 망령'의 생명력이 389만큼 감소합니다.

-'포악한 차원의 망령'의 생명력이 372만큼 감소합니다.

-'포악한 차원의 망령'의 생명력이 401만큼 감소합니다.

……후략……

-크허어어억! 언제 이런 강력한 타워를……!

피해량으로 뜨는 숫자의 크기는 기본 타워들과 별반 차이가 없었지만, 다른 타워들이 한 번 공격할 때 거의 열 번의 피해를 입히는 마력의 광선 타워였다.

덕분에 어마어마해 보였던 망령의 생명력도 순식간에 녹아내리기 시작하였고…….

-'포악한 차원의 망령'의 생명력이 401만큼 감소합니다.

-'포악한 차원의 망령'의 생명력이 전부 소진되었습니다.

-'포악한 차원의 망령'을 성공적으로 처치하셨습니다!

-첫 번째 에픽 몬스터를 처치하는 데 성공하셨습니다!

-기여도에 비례하여 공헌도가 120만큼 증가합니다.

-'마력의 응집체' 아이템을 획득하셨습니다!

보상을 확인한 이안은 자신도 모르게 두 주먹을 불끈 말아 쥐었다.

이안과 훈이가 진행 중인 요새 증축 퀘스트.

이 퀘스트에서 두 사람이 얻는 공헌도는 무척이나 공평(?) 했다.

타워가 처치한 모든 몬스터에 대한 공적치가 정확히 절반 으로 양분되어, 두 사람에게 들어오니 말이다.

때문에 훈이 또한 이안과 마찬가지로 120의 공헌도를 획득하였다.

그리고 획득한 공헌도를 확인한 훈이의 입은 헤벌쭉 벌어져 있었다.

"크으, 레이져 타워 미쳤다, 미쳤어!"

훈이와 이안이 가지고 있던 거의 모든 재료를 탈탈 털어 만든, 회심의 공성병기인 '마력의 광선 타워'.

이 타워와 함께라면, 지금부터 미친 듯이 공적치를 쓸어담을 수 있을 것 같았으니 말이다.

"짜샤, 레이져 타워가 아니고 '마력의 광선' 타워라고."

"아씨. 이러면 어떻고 저러면 어때? 중요한 건 벌써 공적치가 200 가까이 쌓였다는 거지."

"후후. 어쨌든 에픽 몬스터 잡았으니, 이제 한시름 덜었네."

"맞아. 다음 에픽 몬스터가 바로 나오진 않을 테니, 그때까진 시간을 좀 벌은 것 같아."

이 첫 번째 에픽 몬스터가 등장한 시각은, 이안과 훈이가 요새에 들어선 지 정확히 1시간이 지난 시점이었다.

때문에 이안과 훈이는, 대략 1시간마다 에픽 몬스터 하나 정도를 상대하면 될 것이라 짐작하고 있었다.

"흠, 하지만 생각해 보면 그렇게 여유 부릴 수 있는 상황은 아닌 것 같아."

"하긴, 이 괴물 잡는 데 30분이나 썼으니, 1시간 텀이라고 가정하면 다음 에픽까지 30분도 채 안 남은 거네."

"그러게."

이안과 훈이는 의견을 교환하면서도, 망치질을 한시도 쉬지 않았다.

포악한 차원의 망령이 성벽에 입히고 간 피해가 원체 컸기 때문에, 이것을 복구하는 데만 해도 많은 시간이 필요했으니 말이다.

땅— 땅— 따앙—!

"그나저나 저 타워 진짜 위력 한번 끝내준다."

"크, 잡몹들 녹아내리는 거 보니 속이 다 시원하네."

하지만 노동으로 인해 근육이 비명을 지를지언정, 두 사람의 표정은 싱글벙글하기 그지없었다.

계속해서 떠오르는 시스템 메시지들이 둘을 무척이나 즐겁게 해 주고 있었으니 말이다.

-'마력의 광선 타워'가 '포악한 차원 불곰'에게 치명적인 피해를 입혔습니다!

-'포악한 차원 불곰'의 생명력이 425만큼 감소합니다!

-'포악한 차원 불곰'의 생명력이 509만큼 감소합니다!

-'포악한 차원 불곰'을 성공적으로 처치하셨습니다!

-처치 기여도 : 100퍼센트

-기여도에 비례하여, 공헌도가 0.33만큼 증가합니다.

-'포악한 차원 불곰'을 성공적으로 처치하셨습니다!

-기여도에 비례하여, 공헌도가 0.33만큼 증가합니다.

-공헌도가 0.33만큼 증가합니다.

-공헌도가 0.27만큼 증가합니다.

……후략……

에픽 몬스터가 아닌 일반 몬스터들은, 처치 기여도를 100퍼센트 채워 봐야 1의 기여도조차 주지 않는다.

하지만 티끌 모아 태산이라는 말이 있듯 워낙 많은 숫자를 처치하다 보니, 이것만으로 쌓이는 공헌도도 벌써 50이 넘어가고 있는 수준이었다.

그러니 이안과 훈이로서는 입가에 웃음이 끊이지 않을 수밖에 없는 상황.

'그리고 페이즈가 넘어갈수록 몬스터도 강해지고 공헌도도 올라가겠지.'

깡– 깡– 깡–!

이안은 속으로 흐뭇한 미소를 지으며 쉴 새 없이 성벽을 수리하였다.

그리고 이안과 훈이가 망치를 두들길 때마다 여기저기 이가 빠져 있던 성벽에 다시 튼튼한 석재가 채워져 들어갔다.

쿠쿵–!

–성벽 외벽을 수리합니다.

–'기본 벽체'의 내구도가 150만큼 상승합니다.

–'기본 벽체'의 내구도가 172만큼 상승합니다.

그런데 잠시 후, 그렇게 한 15분 정도가 지났을까?

건설 노가다 중에서도 최고의 노가다인 성벽 수리가 드디어 마무리되면서 이안과 훈이의 눈앞에 또다시 흥미로운 메시지가 떠올랐다.

띠링–!

–성벽 외벽의 수리가 완료되었습니다!

–현재 등급 : 기본 벽체

–현재 내구도 : 200,000/200,000

–'기본 벽체'에 대한 이해도가 15만큼 상승합니다.

–'기본 벽체'에 대한 이해도가 30이 되었습니다.

-'견고한 벽체' 등급으로 업그레이드가 가능합니다.

-필요한 자재 : 흑단목 150개, 차원의 조각 1천 개

"오호."

"어?"

메시지를 확인하고는, 동시에 탄성을 내지르는 이안과 훈이.

두 사람이 놀란 이유는 두 가지였다.

첫째, 건축물을 '수리'하는 것으로도 이해도를 높일 수 있다는 점과 둘째, '차원의 조각'이라는 자재가 완전히 처음 보는 것이라는 점.

훈이가 고개를 갸웃하며 이안을 향해 물었다.

"형, 차원의 조각은 어디서 구하는 걸까?"

"글쎄. 차원의 마력석 정제할 때도 저런 재료는 본 적 없잖아?"

"맞아. 광산에서 채광할 때도 한 번도 본 적 없는데 저런 건……."

이안은 고개를 갸웃하며, 열심히 머리를 굴려 보았다.

하지만 아무리 기억을 뒤져 보아도 차원의 조각이라는 아이템에 대한 단서는 찾을 수 없었다.

'뭘까? 기다리다 보면 알게 되려나?'

일단 '차원의 조각'에 대한 궁금증을 접어 둔 이안은, 타워를 업그레이드하기 위해 다시 요새 안쪽으로 들어갔다.

곧 다음 페이즈가 시작될 것이고, 그 전에 '마력의 석궁 타워'를 전부 '마력의 포탑'으로 업그레이드시키는 게 목표였다.

"훈이, 내가 왼쪽부터 업그레이드 작업할 테니까, 네가 오른쪽부터 시작해."

"알겠어, 형!"

티버의 대장간에서 마력석 제련을 시작했던 오전 11시부터 지금까지, 거의 5시간 동안을 끊임없이 노동하는 이안과 훈이.

아마 카일란을 플레이하는 대다수 라이트 유저들이 두 사람의 하루 일과를 본다면 혀를 내두르며 두 눈을 의심할 것이었다.

평범한 근성과 열정으로, 절대 소화할 수 있는 분량의 노가다가 아니었으니 말이다.

그런데 그때, 두 사람의 귓전으로 누군가의 목소리가 흘러 들어왔다.

"으, 드디어 찾았네."

"두 사람, 여기서 대체 뭐 하고 있는 거예요?"

무척이나 낯익은 목소리에, 곧바로 시선을 돌리는 이안과 훈이.

"여, 왔어?"

"뭐야, 이안 형. 지원군이라는 사람들이 우리 길드원……

이었어?"

너무도 당연한 이야기겠지만, 그들의 정체는 이안의 부름을 받고 달려온 헤르스와 로터스 길드원이었다.

"아니, 이안이랑 훈이가 퀘 도와준다고 해서 따라온 건데……."

깡– 깡–!

"왜 우리가 니들 퀘를 도와주고 있는 거냐고, 지금!"

깡– 까강– 깡–!

차원의 요새 A–11섹터에 쉴 새 없이 울려 퍼지는, 아름답기 그지없는(?) 노가다의 소리들.

훈이와 이안으로 구성되어 있던 2중주의 노가다 음악이, 어느새 총 9중주의 풍성한 오케스트라로 탈바꿈되어 있었다.

"후, 역시 이안이를 따라오면 몸만 고생하는 건데……."

"언제 우리가 그걸 몰랐던 적이 있었나요?"

"하긴, 그것도 그래요."

깡– 깡– 까강–!

쉴 새 없이 투덜거리며 망치를 두들기는, 새로 투입된 노가다꾼들은 당연히 헤르스를 비롯한 일곱 명의 로터스 길드원이었다.

계속해서 울려 퍼지는 망치질 소리만큼이나, 쉴 새 없이 투덜거리는 로터스의 수뇌부들.

하지만 투덜거리는 것과 별개로, 그들은 이안과 훈이 못지 않게 열심히 일하고 있었다.

그들은 어느새 이안이라는 고용주에게 길들여져 버린 것이었다.

"나는 거짓말을 한 적이 없습니다, 여러분!"

뻔뻔한 얼굴로 말하는 이안을 향해, 분노(?)한 레미르가 불평을 늘어놓았다.

"와, 이제 입에 침도 안 바르고 거짓말을 하네."

"거짓말이라니, 누나. 내가 무슨 거짓말을 했는데?"

이안의 말에 어이없는 표정이 된 헤르스가 옆에서 레미르를 거들었다.

"네가 나한테 분명히 우리 퀘스트 도와줄 테니 오라고 불렀었잖아. 설마 아니라고 발뺌할 거야? 나한테 채팅 로그도 다 남아 있거든?"

"맞아, 이 거짓말쟁이!"

"와아아, 국왕이 개국공신들을 농락한다!"

"로터스의 국왕 이안을 탄핵하라!"

"폐위시키자!"

헤르스가 팩트를 꺼내 들며 이안에게 항의하자, 요새 곳곳에서 노동하고 있던 노동자들(?)이 너도나도 들고 일어나기 시작했다.

사실 이들로서는, 억울할 수밖에 없었다.

퀘스트를 도와주겠다는 말에 만반의 준비를 하여 달려왔 건만, 영문도 모른 채 노가다를 하게 되었으니 말이다.

심지어 '요새 증축' 퀘스트를 받지 않은 이들에게는 공헌도 가 분배되지도 않아서, 일곱 명이 열심히 일한 대가가 전부 이안과 훈이에게 돌아가는 구조인 것.

하지만 금방이라도 파업할 기세인 노동자들을 상대하면서 도, 이안의 표정은 여유롭기 그지없었다.

"워, 워. 왜들 이러십니까? 전 정말로 거짓말을 하지 않았 습니다."

"……!"

"저는 분명히, 여러분의 퀘스트를 도와주기 위해 부른 것 이 맞으니까요."

이안의 대답에, 레미르를 비롯한 노동자들은 순간적으로 꿀 먹은 벙어리가 되고 말았다.

이안이 지금 무슨 말을 하고 있는 것인지 이해가 되지 않 았던 것이다.

"어쨌든 지금 여러분이 받은 퀘스트는 '차원의 마력석'을 채굴해야 하는 퀘스트가 아닙니까?"

이안의 물음에, 레미르는 떨떠름한 표정으로 대답을 하

였다.

"그, 그렇지."

"그렇다면 오늘 밤 12시가 되기 전에, 한 사람당 여섯 개씩의 차원의 마력석만 확보하면 되는 것이고요."

이번에는 옆에 있던 헤르스가 저도 모르게 고개를 끄덕이며 대답하였다.

"맞아. 그건 그래."

이어서 씨익 웃어 보인 이안이 말을 이어 갔다.

"자, 그럼 지금부터 딜을 시작하도록 하겠습니다."

또다시 뜬금없는 말을 하는 이안을 향해, 레미르가 어이없는 표정으로 질문했다.

"딜? 무슨 딜?"

하지만 이안의 다음 말이 이어진 순간.

레미르의 두 눈은 휘둥그레질 수밖에 없었다.

이안이 꺼낸 말이, 너무도 파격적이었으니 말이다.

"정확히 지금부터 2시간 내로, 제가 여러분에게 필요할 모든 차원의 마력석을 모아오도록 하죠."

그리고 그 말을 들은 유신이 믿을 수 없다는 표정으로 이안을 향해 반문하였다.

"그게 말이 돼?"

카윈 또한 고개를 끄덕이며 동조하였다.

"맞아. 형이 아무리 날고 기어도, 무슨 수로 우리 일곱 명의 퀘스트 조건을 혼자서 달성해?"

"그것도 2시간 만에……?"

지금 이 요새 안에서 이안을 제외하고 여유로운 표정을 하고 있는 사람은 단 한 사람, 훈이뿐었다.

평소 같았다면 저 어린양들의 사이에 있었을 것이라고 생각하니 훈이는 순간 소름이 돋는 것을 느꼈다.

'후우, 저거 어디선가 많이 본 패턴 같은데…….'

심지어는 이안의 화법에 말려들어 가기 시작한 다른 길드원에게 감정이입되기 시작한 훈이.

그런데 이안과 길드원의 대화를 구경하던 훈이의 머릿속에 문득 궁금증이 하나 떠올랐다.

'그나저나 저 형은, 대체 그 많은 마력석들을 어디서 구해 오는 걸까?'

정신없이 퀘스트를 하다 보니 잊고 있었던, 마력석들의 출처에 대한 궁금증이 떠오른 것이다.

'이번에는 알 수 있으려나……?'

그리고 훈이가 이런저런 생각을 하는 동안, 이안과 길드원의 대화는 마무리되어 가고 있었다.

"그러니까 정리해 보면, 어쨌든 네가 총 마흔두 개의 마력석을 2시간 내로 구해 올 수 있다는 거지?"

레미르의 물음에, 힘차게 고개를 끄덕이는 이안!

"그렇다니까. 대신 내가 오기 전까지, 훈이를 도와서 '차원의 뇌전 포탑'을 만들어 둬야 해."

그리고 두 사람의 옆에 있던 헤르스가 이 대화에 마침표를 찍었다.

"그래, 좋아. 그 뇌전 포탑인지 뭔지는 어떻게든 만들어 놓을 테니까, 넌 2시간 내로 마력석 마흔두 개 구해 와야 해."

"오케이, 좋았어. 그럼 이걸로, 계약 성립!"

이안이 대체 무슨 수를 쓰려는 건지는 알 수 없었지만, 결국 로터스 길드원은 그 제안을 수용할 수밖에 없었다.

어차피 지금부터 광석을 캐러 간다 해도 퀘스트 실패 확률이 더 높은 마당에, 사실상 거절할 이유가 전혀 없는 제안이었으니 말이다.

하지만 헤르스와 길드원은 알 수 없었다.

방금 이안과 맺은 노예계약(?)이 사실은 '시작'에 불과하다는 것을 말이다.

차원의 숲 초입의 어느 한 구석.

이안과 훈이의 명령을 받은 소환수들은 열심히 벌목 작업에 한창이었다.

서걱- 서걱- 서걱-!

"아이, 오빠 잘 좀 해 봐. 그렇게 느려서 언제 백 개 채우겠어?"

"시끄럽다. 지금 열심히 하고 있는 거 안 보이냐."

서걱– 서걱– 쿵–!

카르세우스의 어깨에 올라탄 채, 열심히 벌목 현장을 감독 중인 엘카릭스.

그리고 그 둘의 옆에는 이안에게 받은 도끼를 열심히 휘두 르고 있는 라이도 있었다.

"크릉, 이거 너무 어렵다. 그냥 발톱으로 부러뜨리면 안 될까?"

도끼질이 잘 되지 않자 짜증이 났는지, 연신 콧김을 내뿜 는 라이.

그런 그를 향해, 엘카릭스가 고개를 저으며 다독였다.

"안 돼, 라이. 그렇게 했다가는 쓸모없는 재료만 늘어난다 구."

"크릉. 엘카릭스, 나 이거 그만하고 싶다. 적들과 싸우는 게 훨씬 더 재밌다. 크릉!"

"자꾸 그렇게 투덜대면 아빠한테 이른다?"

"크릉!"

그리고 이렇게 화기애애(?)한 이안의 소환수들 옆에는 무 식하게 벌목 중인 훈이의 언데드들도 있었다.

스하아아–!

"군주께서 기다리신다! 나무들을 모조리 베어 버려라!"

"이 숲을 밀어서 평원으로 만들어 버리자!"

"키릭– 키리릭–!"

데스나이트들의 지휘 아래 마구잡이로 나무들을 쓰러뜨리는 훈이의 언데드들.

그런 그들을 본 엘카릭스는 언데드 진영의 총책임자(?)인 데스나이트 발람을 향해 핀잔을 주었다.

"아니, 발람, 흑단목이 아니면 필요 없다니까? 왜 아무 나무나 다 베고 있는 건데?"

"우리는 그런 거 모른다."

"······?"

"흑단목은 나무가 아닌가?"

"맞······지."

"그럼 나무를 베면 흑단목을 베는 거 아닌가?"

"에······?"

알 수 없는 논리를 펼치며, 나무란 나무를 닥치는 대로 베어 넘기는 훈이의 언데드들!

그렇게 차원의 숲 남쪽에 있는 봉우리 하나가, 점점 민둥산으로 변해 가기 시작하였다.

한편, 소환수들이 열심히 나무를 베고 있던 그 시각.

"흐음, 망령들을 따라가야 그 녀석을 찾을 수 있을 텐데……."

요새에 일꾼(?)들을 배치해 놓고 차원의 숲에 나온 이안은, 쉴 새 없이 두리번거리며 무언가를 찾고 있었다.

그가 찾고 있는 것은, 다름 아닌 차원의 망령.

이안이 망령을 찾으려는 이유는 사실 간단했다.

'아이언 스윕'을 찾아내기 위해 선행되어야 할 것이 바로, 망령들의 움직임을 포착하는 것이었으니 말이다.

'지금 불이 들어와 있는 광산이 북동쪽에 몰려 있으니까, 저쪽 길목에서 기다리다 보면 악령들의 움직임을 찾을 수 있겠지.'

빠르게 머리를 굴린 이안은 신속하게 움직이기 시작하였다.

아이언 스윕만 찾아낸다면 마력 결정 마흔 개쯤은 우습게 모을 자신이 있다.

하지만 본인이 정해 놓은 2시간이라는 시간은 그리 넉넉한 것이 아니기 때문이었다.

'자, 어디 있니, 친구야? 어서 모습을 보여 주렴.'

손에 들고 있는 번쩍이는 황금 곡괭이를 한차례 응시한 이안은, 히죽 웃으며 걸음을 옮기기 시작하였다.

수비대장으로부터 받은 이 곡괭이의 성능은, 기본 곡괭이의 몇 배 이상을 보여 준다.

때문에 이번에 아이언 스웜을 찾아내기만 한다면, 이안은 정말 영혼까지 털어먹을 자신이 있었다.

　그런데 그렇게, 이안이 분주히 걸음을 놀리고 있던 그때.

　키릭─ 키리릭─!

　이안의 귓전으로 낯익은 소리가 흘러들어 왔다.

　"찾았다!"

　인간은 누구나 이기적이다.

　때문에 어지간해서는 남을 위해 손해 보고 싶지 않은 것이, 인간의 본능이다.

　여럿 중 하나만이 살아남아야 한다면, 그것이 '내'가 아니면 의미가 없는 것이 사람인 것이다.

　하물며 내가 양보해야 할 대상이 겨우 며칠 전에 처음 만난 생판 몰랐던 사람이라면.

　그 '양보'라는 것이 정상적으로 이뤄질 리 만무하였다.

　"후유, 결국은 이렇게 되어 버렸네."

　천군 진영의 선두 그룹이었던 료이카는 한숨을 푹 쉬며 차원의 숲을 나서고 있었다.

　그런데 이상한 것은 그녀의 곁에 아무도 없다는 것이었다.

　그룹의 리더 격이었던 요나스는 물론 페드릭과 리아스, 그리고 세이플까지.

그녀의 곁에는 이들 중 아무도 보이지 않았다.

그렇다면 료이카는, 모든 랭커들의 선망의 대상이었던 선두 그룹을 제 발로 박차고 나온 것일까?

만약 그런 것이라면 어째서 그렇게 된 것일까?

"이안 님과 훈이 님이 계셨더라면 조금은 상황이 달라졌으려나⋯⋯."

료이카는 고개를 절레절레 저으며 한숨을 폭 내쉬었다.

사실 그녀는 선두 그룹을 박차고 나온 것이 아니었다.

천군 진영의 선두 그룹은 그녀가 파티를 나오던 시점에도 이미 해산된 것이나 다름없었으니 말이다.

그녀는 바로 30분 전쯤 있었던 상황을 다시 떠올려 보았다.

"그러니까 요나스 님 말은 일단 두 명에게 공적치를 전부 몰아주자는 거죠?"

"그⋯⋯렇죠. 지금 상황에서 다른 방법은 없지 않습니까? 다 같이 퀘스트에 실패하는 것보단, 그래도 한두 명이라도 다음 단계로 올라서는 것이⋯⋯."

"그럼 그 공적치를 몰아 받을 유저는 우리 중에서 누가 되는 건가요?"

"그야 방금 조금의 공헌도라도 획득한 저와 페드릭 님이 몰아받는 게 합리적이지 않겠습니까?"

"휴우, 그럼 저희 세 사람은, 그냥 희생하라는 소리군요."

"그, 그렇다기보다는 공익을 위해서……."

"공익은 무슨. 됐습니다. 저 그냥 파티 탈퇴하고 따로 방법 찾아보겠습니다."

"세이플 님!"

"저도 마찬가집니다. 공익은 무슨 얼어 죽을 공익. 제 눈에는 그냥 두 분의 이기심밖에 보이질 않는군요.

"디아스 님……!"

"이렇게 된 거 그냥 각자도생하죠."

랭커들의 대화를 나누는 동안, 료이카는 단 한마디도 하지 않았다.

애초에 그녀는 다른 랭커들만큼은 욕심이 없기 때문이었다.

물론 한 명의 '랭커'로서, 다른 랭커들보다 앞서 나가고 싶은 마음이 없다면 그것은 거짓말일 것이다.

하지만 그 욕심이 다른 랭커들만큼은 아니었으며, 그녀는 누군가와 갈등하고 반목하는 것을 병적으로 싫어하는 성향이었다.

때문에 만약, 세이플과 디아스가 요나스의 제안에 수긍했더라면 그녀는 군말 없이 대세를 따랐을 것이다.

하지만 결과는 모두의 갈등으로 이어지고 말았고, 그것을 보기 싫었던 료이카는 가장 먼저 파티에서 탈퇴하여 요새를 향해 돌아가고 있었다.

'기왕 이렇게 된 거, 오늘 남은 시간은 오랜만에 푹 쉬어야 겠어. 체력 비축해서 내일 다른 멤버들이랑 다시 트라이하는 게 훨씬 속 편할 것 같아.'

아직도 다투고 있을지 모를 네 사람이 떠오르자, 료이카의 입에서 다시 한숨이 새어 나왔다.

"휴우, 그 파티에는 다시는 가고 싶지 않아."

또 한 번 고개를 절레절레 저으며, 터덜터덜 걸음을 옮기는 료이카.

그런데 숲을 벗어나 요새가 보이기 시작하자 료이카의 머릿속에 문득 누군가가 떠올랐다.

"그나저나 이안 님이랑 훈이 님은 대체 어디로 가신 걸까? 아무리 두 사람이 대단하다고 해도, 이번 퀘스트는 둘이서 깰 수 있는 퀘스트가 아닐 텐데……."

두 사람을 떠올리자 다시 활력이 생긴 료이카는 접속을 종료하기 전에 그들의 행방을 한번 찾아보기로 결심하였다.

그들이 지금 뭘 하고 있는지는 알 수 없었지만, 만약 오늘 퀘스트를 트라이하지 않은 것이라면 내일 그들과 함께 퀘스트를 진행하고 싶었으니 말이다.

"히히, 훈이 님이랑 퀘스트하면 정말 재밌게 할 수 있을 것 같아."

커다란 마법사 모자를 푹 눌러쓴, 우스꽝스러운 훈이의 모습을 떠올린 료이카의 입에 피식 하고 실소가 떠올랐다.

독일 서버의 유명한 쌍둥이 랭커 듀오인 사라와 바네사.

항상 둘이서만 붙어 다니며 게임을 플레이하기로 유명한 그녀들은, 용사의 마을에서도 듀오를 고수하였다.

물론 불가피한 경우에 다른 랭커들과 함께하는 경우도 있었지만, 어지간해서는 듀오로 모든 퀘스트를 진행해 온 것이다.

때문에 같이 마을에 진입했던 다른 랭커들보다 조금 속도 면에서 뒤쳐진 두 사람이었다.

하지만 그들은 별로 그런 것에 신경 쓰지 않았다.

어차피 게임은 즐기려고 하는 것이었고, 둘이 할 때보다 더 즐겁게 게임할 수 있는 것이 아니라면 앞으로도 굳이 다른 유저들과 파티할 생각은 없었으니까.

"사라 언니, 오늘 내로는 군락 섬멸 퀘스트 다 끝낼 수 있을까?"

"글쎄. 쉽지는 않겠지만, 뭐, 해 봐야지."

지금 두 사람의 용사의 마을 계급은 신병 등급을 갓 벗어난 '전투병' 등급이었다.

하여 그들이 진행 중인 메인 퀘스트는 C단계의 퀘스트인 군락 섬멸전.

군락 섬멸전 퀘스트는 사실, 이 용사의 마을 메인 퀘스트들 중 가장 평범한 퀘스트였다.

난이도가 쉬운 것은 결코 아니었으나, 인간계에서도 어렵지 않게 볼 수 있었던 구조로 퀘스트가 짜여 있었으니 말이다.

"포악한 불곰 사십 마리. 차원의 마령술사 스물. 차원의 악령 칠십이라……."

"으, 불곰이나 악령은 잡기 쉬워도, 마령술사는 진짜 까다로운데……."

"그러게. 그래도 어쩌겠어. '악령의 군락'에 들어가려면, 결국 킬 포인트는 다 채워야 하는걸."

사라와 바네사는 퀘스트에 대한 이야기를 나누며, 퀘스트 정보 창에 쓰여 있는 좌표를 향해 이동하기 시작하였다.

퀘스트 정보 창에 차원의 숲 곳곳에 퍼져 있는 차원의 마령술사들이 위치한 곳이 좌표로 표시되기 때문에 우선적으로 그들을 처치하려는 것이다.

"훗- 차!"

언제나처럼 바네사의 소환수인 '코르투스'의 등에 올라탄 두 쌍둥이 자매는 하늘을 향해 천천히 날아오르기 시작하였다.

휘이이잉-!

거대한 그린드래곤인 코르투스의 날개가 펄럭이기 시작하자, 사방으로 휘청이는 차원의 숲 나무들.

"코르투스, 북서쪽으로 이동하자. 정확한 좌표는 가면서 다시 찍어 줄게."

"알겠다, 주인."

바네사의 명령에, 살짝 고개를 끄덕이며 짧게 대답하는 코르투스.

그리고 다음 순간.

두 자매를 태운 코르투스는 북서향을 향해 날개를 펄럭이기 시작하였다.

코르투스는 거대한 덩치에 어울리지 않게, 제법 빠른 속력으로 허공을 가르기 시작하였다.

쉬이이익-!

"흐음, 역시 소환술사는 여러모로 편리하단 말이지."

코르투스의 돌기 위에 여유롭게 앉아, 만족스런 표정으로 등을 쓰다듬는 사라.

그런 그녀의 모습에, 바네사가 입술을 삐죽 내밀며 대꾸하였다.

"편리한 게 아니라 대단한 거겠지. 소환술사는 대단한 존재들이라고."

"그래, 어련하실까. 킥킥."

퀘스트 창에 떠 있는 좌표를 찍어 놓은 채 여유롭게 대화를 나누는 두 자매.

하지만 두 사람의 여유로운 시간은 그리 오래 이어질 수 없었다.

어디선가 갑자기 정체를 알 수 없는 커다란 소리가 들려오기 시작했으니 말이다.

쿠르릉– 쿠르르릉–!

지진이 나기라도 한 건지 사시나무 떨 듯 흔들리기 시작하는 숲속의 나무들.

"뭐, 뭐지? 보스급 몬스터라도 등장하는 건가?"

긴장한 사라는 코르투스의 등을 꽉 부여잡은 채, 마법을 사용하여 사방을 스캔하기 시작하였다.

그리고 잠시 후.

"……!"

그녀는 이 거대한 소음의 정체를 찾아낼 수 있었다.

"저, 저 남자는…… 이안?"

차원의 악령을 포착한 순간, 아이언 스웜을 찾아내는 것은 어려운 일이 아니었다.

악령들은 항상 가장 차원의 힘이 많이 응집한 광산으로

모여들게 되며, 그곳에서 높은 확률로 스웜이 등장하니 말이다.

하여 이안은, 요새를 떠난 지 1시간 만에 아이언 스웜을 다시 만날 수 있었다.

크워어어어-!

입을 쩍 벌린 채 굉음을 내지르며 포효하는 아이언 스웜의 모습.

이안도 처음 이 모습을 봤을 때는 분위기에 압도당하여 긴장했었지만, 지금 이안의 표정에서 긴장 같은 것은 찾아볼 수 없었다.

이미 모든 공격 패턴과 약점을 파악한 에픽 몬스터는 이안에게 있어 일반 잡몹과 다를 바 없었으니 말이다.

"친구, 여기야, 여기. 어딜 보는 거야?"

씨익 웃은 이안은, 손에 쥐고 있던 마력의 결정 조각을 아이언 스웜을 향해 내던졌다.

이어서 그 돌덩이는 스웜의 이마에 정확히 맞고 튕겨 나갔다.

팅-!

그리고 다음 순간.

캬아아악-!

스웜은 머리끝까지 화가 치밀어 올랐다.

녀석의 입장에선 가장 좋아하는 음식이 차원의 마력 결정이었는데, 음식으로 맞았으니 기분이 더러워진 것이다.

카아오! 키아아악!

하나하나가 어지간한 문짝만 한 크기인 이빨을 드러내며, 이안을 향해 달려드는 아이언 스웜.

스웜이 움직이기 시작하자, 광산은 지진이라도 난 듯 격렬히 요동치기 시작하였다.

이어서 녀석은 돌연 땅속으로 파고들었다.

쿠콰콰콰콰.

아이언 스웜의 공격 패턴 중 가장 까다로운 것은 지금처럼 녀석이 두더지처럼 지하로 파고들 때였다.

그 거대한 몸집으로 순식간에 지면으로 파고든 녀석이 어느 지점에서 다시 지상으로 튀어오를지 예측이 불가능하기 때문이었다.

운 나쁘게 녀석이 튀어나올 위치에 서 있었다가는, 그대로 게임아웃 당할 수밖에 없었으니 말이다.

하지만 여러 번의 고비를 넘겨가며 녀석과 사투를 벌인 경험이 있는 이안에겐, 녀석의 움직임을 예측할 수 있는 방법이 있었다.

타탓-!

스웜이 땅속으로 파고드는 것을 확인한 이안은 허공으로 도약하여 핀의 등에 올라탔다.

이어서 손에 들고 있던 또 다른 마력 결정 조각을 어디론가 투척하였다.

"친구야, 저쪽이다!"

쉬이익-!

푸른색 빛을 뿜어내며, 허공을 가로질러 날아가는 마력 결정 조각.

그리고 놀랍게도 아이언 스웜은 이안이 조각을 던진 방향을 향해 솟아올랐다.

콰콰콰콰쾅-!

마치 공놀이를 하는 애완견처럼 이안이 던진 마력 결정 조각을 향해 게걸스럽게 달려드는 아이언 스웜!

꿀꺽-!

그리고 이럴 것을 예상이라도 했다는 듯 이안은 자연스럽게 그 방향으로 도약하여 스웜의 등에 올라탔다.

"오케이, 탑승 완료!"

아이언 스웜의 등에 안착한 이안은 일전에 그랬던 것처럼 곡괭이질을 시작하였다.

깡- 깡- 까강-!

하지만 이것은 아직, 광물을 채굴하기 위한 곡괭이질이 아니었다.

승차감(?)을 높이기 위하여, 양발을 끼워 넣을 홈을 만드는 작업이었으니 말이다.

까가강- 쾅-!

그리고 황금 곡괭이의 놀라운 성능 때문인지, 스윔의 등짝은 금세 움푹 패였다.

크워어어-!

등에서 느껴지는 기분 나쁜 촉감 때문인지, 또다시 허공을 향해 포효하는 아이언 스윔.

이어서 등짝에 완벽히 자리 잡은 이안은 '움직이는 광산'에서의 채굴을 다시 시작했다.

"형이 안 아프게 해 줄게. 조금만 참아?"

뭘 안 아프게 한다는 건지 알 수 없는 말을 중얼거린 이안은 다시 곡괭이를 휘둘렀다.

깡- 깡- 깡-

그리고 아이언 스윔의 푸른 등짝에서는 여지없이 광물들이 쏟아져 나오기 시작하였다.

-정확한 위치를 타격하였습니다.

-광상의 결에 균열이 발생합니다.

-채굴에 실패하였습니다.

-'차원의 마력석 파편'을 획득하였습니다.

-채굴에 성공하였습니다.

-'수비대장의 황금 곡괭이' 아이템의 내구도가 1만큼 감소합니다.

-에픽 몬스터 '마력의 아이언 스윔'에게 치명적인 피해를 입혔습니다!

-'마력의 아이언 스윔'의 생명력이 127만큼 감소합니다!

-'차원의 마력석' 아이템을 획득하였습니다.

－'마력의 아이언 스웜'의 생명력이 136만큼 감소합니다!

－채굴에 성공하였습니다.

－'차원의 마력석' 아이템을 획득하였습니다.

－'마력의 아이언 스웜'의 생명력이 152만큼 감소합니다!

－채굴에 실패하였습니다.

－'차원의 마력석 파편'을 획득하였습니다.

……후략……

그리고 곡괭이를 휘두를 때마다 서너 줄씩 무더기로 쏟아지는 시스템 창을 확인한 이안은, 기분 좋은 표정이 될 수밖에 없었다.

'크으, 역시 이 황금 곡괭이는 완소템이란 말이지.'

티버의 곡괭이로 채굴할 때보다 거의 다섯 배는 높은 확률로 완제품 마력석을 채굴해 내는 수비대장의 황금 곡괭이!

물론 이것은 이안의 숙련도가 그때보다 훨씬 좋아졌다는 변수도 포함된 결과였지만, 그렇다고 해도 황금 곡괭이의 성능이 가장 큰 원인인 것만큼은 부인할 수 없는 사실이었다.

게다가 한 가지 더.

'이번에는 지난번보다 시간도 몇 배 이상 많이 남았다는 말씀!'

처음 이 왕꿈틀이를 만났을 때 이안은 녀석을 파악하는 데에만 무척이나 긴 시간을 사용했었다.

해서 사실상 채굴에 활용할 수 있었던 시간은 그리 길지 않았던 것이다.

하지만 이번에는 달랐다.

정확히 이 꿈틀이가 얼마나 오랜 시간 동안 지상에 머무는 지는 알 수 없었지만, 아마 지금부터 1시간 동안은 등골을 뽑아먹을 수 있으리라.

어쨌든 이안은 또다시 노다지를 파헤치기 시작하였고, 그 것은 무척이나 성공적이었다.

곡괭이질을 시작한 지 10분 여 만에, 벌써 마력석 완제품 을 일곱 개나 획득하였으니 말이다.

오히려 파편의 숫자가 완제품보다 부족할 정도.

-'차원의 마력석' 아이템을 획득하였습니다.

-'차원의 마력석 파편' 아이템을 획득하였습니다.

-'차원의 마력석' 아이템을 획득하였습니다.

……후략……

그런데 잠시 후.

그렇게 꿈틀이의 등골을 열심히 빼먹던 이안은 순간 머릿 속에 재밌는 생각이 떠올랐다.

'잠깐, 근데 이 녀석……. 만약 처치하고 나면 어떻게 되는 거지?'

지금까지는 그저 곡괭이질로 마력석을 뽑아먹을 생각만 했었는데, 문득 이 녀석을 처치했을 때 어떤 보상을 얻을 수 있을지가 궁금해진 것이다.

'어차피 마력석 마흔 개 정도는 순식간에 모을 것 같고……. 도박이나 한번 해 볼까?'

갑자기 떠오른 생각에, 눈이 반짝이기 시작한 이안!

이안은 곧바로, 아이언 스윔의 생명력부터 한번 확인해 보았다.

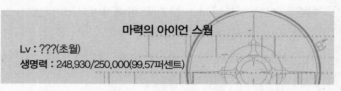

마력의 아이언 스윔

Lv : ???(초월)
생명력 : 248,930/250,000(99.57퍼센트)

'생명력이 25만이라……. 흠, 생각보단 할 만해 보이는데, 이거?'

곡괭이질로 아이언 스윔에게 입힐 수 있는 대미지는 고작해야 100~200 수준.

녀석의 생명력이 차오르는 속도까지 감안하면 DPS는 사실상 50정도밖에 나오지 않건만, 대체 이안은 이 정도의 대미지로 어떻게 25만의 생명력을 깎아내려는 것일까?

"좋아, 한번 시도해 보지, 뭐."

뭔가 결정을 내린 것인지 씨익 하고 웃어 보인 이안은 방금 채굴해 낸 '차원의 마력석 파편'을 오른손으로 움켜쥐었다.

이어서 마치 투구하는 야구선수처럼 전방을 향해 그것을 힘차게 내던졌다.

"꿈틀이, 가즈아!"

쉬이이익-!

이안의 전력투구에, 기다란 포물선을 그리며 어디론가 날아가는 차원의 마력 파편.

끄워어어?

그리고 그것을 발견한 아이언 스웜은 묻지도 따지지도 않고 그것을 향해 달려들기 시작하였다.

쿠콰콰콰쾅-!

코르투스의 등에 올라 비행하던 중 우연히(?) 이안을 발견한 바네사와 사라.

"언니, 쟤 이안 맞지?"

"응, 맞는 것 같은데…….."

"쟤 지금 타고 있는 거 뭐야?"

"글쎄. 그건 소환술사인 네가 더 잘 알지 않을까?"

"우쒸! 쟤는 어디서 또 저런 멋진 소환수를 테이밍한 거야? 갖고 싶다!"

이안의 왕꿈틀이(?)가 마음에 들었는지 눈을 빛내는 바네사와 그의 행적 자체에 흥미가 생긴 사라.

두 사람은 동시에 같은 생각을 떠올렸는지 눈을 마주치고는 고개를 끄덕였다.

"언니, 우리 한번⋯⋯."

"쟤 한번 따라가 볼까?"

"콜!"

사라와 바네사는, 랭커이기에 앞서 기본적으로 즐겜 유저였다.

때문에 당장 진행 중이었던 퀘스트보다는, 이안을 따라가 보는 쪽에 훨씬 더 흥미가 동했다.

지금 두 자매에게 '이안'이라는 떡밥보다 흥미진진한 것은 없었으니 말이다.

'이안을 따라다니다 보면 콩고물도 두둑하게 떨어질 테고 말이지.'

사라와 바네사는 지난주에 있었던 '차원의 말판' 전장에 참여하지 못했었다.

그 당시 두 사람은 겨우 용사의 마을에 입장한 새내기였으니 말이다.

하지만 그렇다고 해서 그 경기를 보지 못했던 것은 아니었다.

다 기울어 가던 판을 거의 혼자서 뒤집어 놓다시피 한 이안의 캐리.

그것을 보면서 두 자매는 온몸에 소름이 돋는 것을 느꼈었다.

정령계에서 이안이 보여 줬던 것들이, 단지 빙산의 일각에 불과했다는 것을 깨달았으니 말이다.

"코르투스, 남쪽으로 선회해!"

"크릉, 갑자기 왜 그러는가, 주인."

"잔말 말고 빨리! 저기 아래쪽에 보이는 저 녀석을 따라가면 돼!"

"무슨 일인지는 모르겠지만……. 알겠다."

바네사의 명령에 코르투스는 고개를 갸웃거렸지만, 어쨌든 날개를 펼쳐 비행 방향을 선회하였다.

그리고 지진을 몰고 다니는 이상한 거대 생명체의 뒤쪽으로 빠르게 따라붙었다.

"너무 가까이 가진 마, 코르투스. 적당히 거리를 벌리면서 놓치지만 말고 쫓아가자고."

"알겠다, 주인."

꿈틀이를 탑승한 이안은 무척이나 빨랐지만, 그래도 지상에서 움직이는 것인 만큼 분명히 한계는 존재했다.

때문에 코르투스를 탄 사라와 바네사는, 어렵지 않게 이안의 뒤를 쫓을 수 있었다.

"흐음, 쟤 어디로 가는 걸까 언니?"

"글쎄. 이 방향으로 가다보면, 곧 차원의 숲을 벗어날텐데……."

"그러게. 그렇다고 이게, 진영으로 돌아가는 방향은 아니잖아?"

"맞아. 본진으로 돌아갈 거였으면, 동남쪽이 아니라 서남쪽으로 갔어야 해."

이안의 뒤를 쫓으며, 흥미진진한 표정으로 대화를 나누는 두 쌍둥이 자매.

"그나저나 바네사."

"응?"

"혹시 나중에라도 저 소환수는 테이밍하지 말자."

사라의 말에, 바네사는 의아한 표정으로 되물었다.

"왜? 저거 엄청 멋있잖아! 이안 만나자마자 저거 어디서 테이밍했는지부터 물어볼 생각이었는데!"

"후우, 멋있는 건 모르겠고, 너무 요란하잖아. 저렇게 시끄러운 애 데리고 다니면, 너무 눈에 띌 거라고."

"아, 몰라. 난 저 지렁이 너무 마음에 들어."

"……."

그리고 그렇게 두 자매가 티격태격하는 동안, 꿈틀이를 탄 이안은 어느새 숲 바깥으로 빠져나왔다.

이어서 숲을 넘어 펼쳐진 평원의 끝에는 웅장한 요새가 지어져 있었다.

그것을 발견한 바네사는 흥미로운 표정으로 사라를 향해 입을 열었다.

"언니, 보니까 동쪽에 있는 본진부터 여기까지 쭉 성벽이 이어져 있는 것 같은데……."

"맞아."

"혹시 이쪽에 다른 NPC라도 있는 걸까?"

"무슨 NPC?"

"그 메인 퀘스트 주는 요새 수비대장 말고, 히든 퀘스트 같은 걸 주는 특별한 NPC가 있을 수도 있잖아."

"오호, 이안이 이쪽으로 온 걸 생각하면……. 정말 그럴 수도 있겠는데?"

진실 여부와는 별개로, 상상의 나래를 펼치기 시작하는 사라와 바네사.

하지만 그런 두 사람의 상상은 그리 오래 이어지지 못했다.

"……!"

거대 지렁이를 탄 이안이 요새의 근처에 다가간 순간…….

퍼펑- 퍼퍼펑-!

콰아아앙-!

요새에 배치되어 있던 포탑들이 일제히 사격을 개시하였으니 말이다.

"레미르 누나, 그쪽 마무리됐어?"

"응, 방금 완성했어!"

"이번엔 하자 없는 거 확실하지?"

"아이 참, 제대로 됐다니까 그러네. 왜 이렇게 사람을 못 믿으실까?"

"누나를 못 믿는 게 아니고, 이번에도 실패 뜨면 울고 싶을 것 같아서 그래."

차원의 요새 A-11섹터에는 로터스 길드원의 앓는 소리가 끊임없이 울려 퍼지고 있었다.

생산 클래스라고는 단 한 명도 없는 구성원으로, 모든 생산 클래스 중 가장 노가다가 심하다는 '건설' 작업을 하고 있었으니, 작업의 난이도가 그야말로 지옥일 수밖에 없는 것이다.

"클로반 형, 포신砲身은 제작 끝난 거지?"

"아까부터 끝나서 기다리고 있었다고."

"그럼 카윈이 쪽 완성되는 대로, 마무리 작업 다시 시도해 보자고."

"오케이!"

지금 로터스 길드원이 달라붙어 있는 타워는 지금까지 이안과 훈이가 건설했던 타워들을 압도하는 어마어마한 규모였다.

A-11구역에서 가장 지대가 낮은 곳에 터를 잡아 지었음에도 불구하고, 먼저 지어 놓은 다른 타워들보다 더 높이까지 우뚝 솟아 있었으니 말이었다.

그리고 이 타워의 이름은 바로, '차원의 뇌전 포탑'이었다.

A. 차원의 뇌전 포탑

등급 : 유일

공격력 : 995(타입 : 광역/마법)

방어력 : 350   내구도 : 156,000

소모 자원 : 차원의 마력 : 150

　　　　　　차원의 철광석 : 235개

　　　　　　마력의 흑단목 : 195개

소모 시간 : 15,500~24,500초 (1인 제작 기준)

제작 난이도 : 중상中上

-하늘에서 차원의 뇌전을 생성하여, 반경 50미터의 범위에 수십 개의 번개를 떨어뜨립니다.

번개에 피해를 입은 대상은 20퍼센트의 확률로 '마비'상태에 빠지게 되며, '마비' 상태가 되면 움직임이 50퍼센트만큼 느려집니다.

*'마비' 상태는 15초 동안 지속됩니다.

*'마비' 상태에 빠진 적은 '전격' 타입의 공격에 추가로 35퍼센트만큼의 피해를 더 입습니다.

*'마비' 상태에 빠진 적은 모든 상태 이상에 걸릴 확률이 15퍼센트만큼 높아집니다.

'유일' 등급의 타워들 중 가장 첫 페이지에 위치해 있는 차원의 뇌전 포탑.

정보 창을 자세히 읽어 보면 알 수 있겠지만, 이 포탑의 가장 큰 특징은 어마어마한 제작 소요 시간이었다.

150~250초에 불과했던 마력의 석궁 타워와는 비교 자체가 불가능한, 무려 1만 초 단위가 넘어가는 어마어마한 제작

소모 시간.

그리고 이 제작 소모 시간이라는 것은 곧 타워를 완공하는데 필요한 노동력과 비례하는 것이니, 얼마나 많은 노동력이 필요한지는 충분히 짐작해 볼 수 있는 것이다.

게다가 유일 등급의 타워라 그런지 제작 난이도도 상상 이상이었다.

1인 기준 5~6시간이 걸릴 타워를 여덟 명이 붙어서 만드는 데도 불구하고, 2시간이 넘게 걸리고 있었으니까.

대신에 이 뇌전 포탑은 다른 유일 등급의 포탑들에 비해 필요한 소모 자원의 수량이 적은 편이었다.

'그래서 이안 형이 길드원을 시켜 제작한 거겠지.'

완성되어 가는 뇌전 포탑을 보면서 훈이는 고개를 절레절레 저었다.

생각하면 생각할수록 이안은 타고난 고용주(?)인 것 같았다.

유일 등급 타워 중 아무거나 골라서 지으라고 시킨 줄 알았는데, 알고 보니 최대한의 효율을 뽑아낼 수 있는 타워를 미리 골라 놓았던 것이다.

훈이는 자신에게 이 타워 공장(?)의 지분이 있다는 것을 감사하면서, 열심히 일하는 노예들을 측은한 눈빛으로 응시하였다.

그들은 지금 이 순간에도, 무척이나 열심히 망치를 두들기고 있었다.

깡— 깡— 깡—!

"으, 이안이 돌아오기 전에 그래도 이거 하나 정돈 완성해 놓고 싶은데……."

헤르스의 중얼거림에 옆에 있던 피올란이 고개를 끄덕이며 동조하였고.

"그러게요, 그래야 이안 님 돌아왔을 때 할 얘기가 있죠."

클로반도 한마디 거들었다.

"맞아. 이안이 이 자식, 마력석 못 구해 오기만 해 봐. 두고두고 악덕 국왕이라고 놀려먹을 거야."

"난 이안 팬 카페에 팩트 폭격 할 거라고."

"크, 제목은 아무래도 '이안갓 인성 논란'이 좋겠어."

이안이 높은 확률로 마력석을 구해 오지 못할 것이라고 생각하는지, 단단히 벼르고 있는 로터스의 길드원.

그런 그들을 보며, 훈이는 그저 딱하다는 생각이 들 뿐이었다.

'따로 사냥한 지 오래돼서 그런지, 이 사람들 감을 잃었네. 이안 형을 이렇게 모르다니.'

훈이는 확신할 수 있었다.

이안이 구해 올 마력석이 마흔두 개가 넘을 것임은 물론, 그보다 훨씬 많은 양을 가져와서 추가로 노동시킬 것이라는 사실을 말이다.

여섯 개의 마력석을 받아 퀘스트를 클리어하는 것에 만족하기엔, 이 자리에 있는 이들은 다들 욕심이 많은 랭커들.

받을 수 있는 최대 공헌도를 위해 하루 종일 망치를 두들길 로터스 길드원이, 이미 훈이의 눈에 선명하게 그려지고 있었다.

'왜냐면, 이미 그런 광경을 한 번 봤으니까…….'

훈이가 이런저런 생각을 하고 있던 그때.

"읏차!"

"클로반 형, 조금만 더 왼쪽으로!"

"레비아 님, 아래쪽 지지대 좀 잡아 줘요!"

"오케이, 좋았어 바로 거기야!"

드디어 이 길고 긴 건설노동 작업에, 마침표가 찍혔다.

쿠웅-! 철컥!

강철로 만들어진 거대한 포신이 탑의 상단에 설치되면서…….

띠링-!

요새의 일꾼들의 눈앞에, 기다리고 기다렸던 시스템 메시지들이 주르륵 하고 떠올랐으니 말이다.

-건설 작업이 성공적으로 완료되었습니다!

-'차원의 뇌전 포탑'이 완공되었습니다!

-요새 개발 기여도가 0.55퍼센트만큼 상승합니다.

-시설물 '차원의 뇌전 포탑'에 대한 이해도가 20만큼 상승합니다.

-'차원의 뇌전 포탑'에 대한 이해도가 100에 도달하면, 상위 등급의 방어 타워로 업그레이드가 가능합니다.

-현재 등급 : 유일

-현재 내구도 : 156,000/156,000

-'A-11'섹터의 방어 능력이 87.55퍼센트만큼 상승하였습니다.

"크으으, 됐어!"

"성공이야!"

떠오르는 메시지를 확인한 로터스의 노동자들은, 두 주먹을 불끈 쥐며 환호하였다.

타워의 소유가 이안과 훈이인 것과는 별개로 완성된 대형 타워를 확인하자 뿌듯함이 벅차오른 것이다.

2시간 가까이 피땀 흘려 망치질한 결과물이 이렇게 요새 한복판에 우뚝 솟아올라 있으니, 뭔가 무형적인 보상을 얻은 기분이랄까.

하늘 높이 솟은 백색의 뾰족한 첨탑 위로 시퍼렇게 지글거리는 전류의 파동.

그것은 그 외관만으로도 충분히 강력해 보이는 타워였다.

"흐, 이제 어지간한 에픽 몬스터가 와도 녹여 버릴 수 있겠지?"

"광역 타워라서 그건 좀 힘들지도 몰라요."

그런데 완성된 타워를 보며 벅찬 표정인 다른 길드원과 달리 뭔가에 놀라기라도 한 듯, 훈이의 동공은 배 이상 확대되어 있었다.

훈이의 시선은, 떠오른 시스템 메시지들의 마지막 줄에 고정되다시피 하여 있었다.

'미, 미친……? 방어 능력이 87퍼센트 상승했다고?'

이제 A-11섹터에는, 열 개도 넘는 타워들이 지어져 있었다.

그리고 그 모든 타워들 중에는 단 하나도 일반 등급이 없었다.

처음 지었던 기본 타워들을 전부 업그레이드하여 '희귀' 등급으로 만들어 두었기 때문이었다.

때문에 지금 상황에서 희귀 등급의 타워를 하나 더 짓는다면, 요새의 방어 능력은 많아 봐야 5~10퍼센트 정도 상승하는 데 그친다.

그런데 이 뇌전 포탑 하나 건설한 것으로 거의 두 배 가까이 방어력이 뻥튀기된 셈이니 훈이로서는 당황하지 않을 수 없는 것이다.

'아니, 공격력이 그렇게 특출나지도 않은데……. 정보 창에 보이지 않는 뭔가가 있는 건가?'

이안이 요새에 도착하자마자 처음 지었던 '마력의 석궁 타워'의 공격력은 500이 조금 넘는 수준이다.

또, 이 타워를 업그레이드하여 '마력의 포탑'으로 만들면, 공격력이 대략 800쯤까지 올라온다.

그리고 지금 로터스 길드원이 지은 뇌전 포탑의 공격력은, 1천에 살짝 못 미치는 수준이다.

뇌전 포탑이 광역 타워인 것을 감안하더라도, 이해되지 않는 수준의 방어 능력 증가인 것이다.

'대체 뭘까? 상태 이상을 비롯한 특수 능력들 때문인 걸까?'

기대했던 것보다 훨씬 더 놀라운 결과물에 고무된 훈이는, 타워의 정보 창을 다시 정독하기 시작하였다.

대체 타워의 어떤 부분이 이런 성능의 차이를 만들어 내는지 찾고 싶었기 때문이었다.

하지만 잠시 후.

훈이는 뇌전 포탑의 정보 창을 끌 수밖에 없었다.

정체를 알 수 없는 어마어마한 굉음이 요새 바깥쪽에서부터 울려 퍼졌던 것이다.

쿠쿵- 쿠쿠쿵-!

"어, 뭐지? 지진인가?"

"에픽 몬스터라도 나타나려나 봐요!"

"후우, 이거 또 세 명 정도는 성벽 수리에 붙어야 되는 것 아닌가?"

"크, 곧바로 타워 성능 확인할 수 있겠네. 이거 흥미진진한데?"

이제는 알아서 역할을 분담하여, 일을 하기 위해 움직이는 로터스의 길드원.

훈이는 이 굉음의 근원을 파악하기 위해 곧바로 망루 위로 뛰어올라 갔다.

그리고 어렵지 않게, 그 원흉을 발견할 수 있었다.

"헤르스 형, 대형 지네처럼 생긴 몬스터야!"

"역시 에픽 몬스터지?"

"그런 것 같아. 뇌전 포탑이 완공돼서 천만다행인데, 이거."

빠른 속도로 다가오는 대형 몬스터를 보며, 훈이는 마른침을 삼켰다.

'이거 생각보다 에픽이 빨리 등장했는데.'

지금까지 요새를 공격한 에픽 몬스터는 총 둘이다.

처음 이안과 훈이가 상대했던 포악한 악령과 이안이 마력석을 구하러 떠난 뒤 길드원과 함께 상대했던 거대한 트롤 전사.

그리고 이제까지 에픽 몬스터의 등장 주기는, 대략 1시간에서 1시간 반 정도였다.

때문에 훈이는 아직 30분 이상 여유가 있을 것이라고 봤는데, 트롤을 처치한지 20분 만에 새로운 대형 몬스터가 등장한 것이다.

"일단 몬스터 스펙 예측이 안 되니까 전부 성벽 수리에 붙어요!"

헤르스의 오더에, 훈이를 비롯한 길드원은 쏜살같이 외벽
에 붙어 수리할 준비를 하였다.

아무리 강력한 타워가 있더라도 외벽이 무너지는 순간 희
망은 없다.

때문에 로터스의 길드원은 긴장한 표정으로 다가오는 거
대 지렁이를 응시하였다.

그런데 잠시 후.

궁사 클래스의 고유 능력인 '천리안'을 발동시킨 카윈이 의
아하다는 듯한 목소리로 입을 열었다.

"어, 그런데 헤르스 형."

"응?"

"저기 몬스터에 누가 타고 있는데?"

"뭐……?"

생각지도 못한 카윈의 말에, 황당한 표정이 된 로터스의
길드원.

하지만 그의 말은 거기서 끝이 아니었다.

"어? 저 사람, 이안 형이야!"

"뭐라고?"

"분명해! 저기에 타고 있는 거 이안 형이야!"

이어서 당황한 표정이 된 레비아가 카윈을 향해 물었다.

"이안 님은 대체 저기에서 뭐 하는데요?"

"그, 그게……."

두 눈을 크게 꿈뻑거리며 말을 잇지 못하는 카윈.

그리고 잠시 뜸을 들인 카윈은 믿을 수 없다는 표정으로 천천히 입을 떼었다.

"곡……괭이질을 하고 있는데?"

깡- 깡- 깡-!

—정확한 위치를 타격하였습니다.

—광상의 결에 균열이 발생합니다.

—채굴에 성공하였습니다.

—'수비대장의 황금 곡괭이' 아이템의 내구도가 1만큼 감소합니다.

—에픽 몬스터 '마력의 아이언 스웜'에게 치명적인 피해를 입혔습니다!

—'마력의 아이언 스웜'의 생명력이 119만큼 감소합니다!

—'차원의 마력석' 아이템을 획득하였습니다.

곡괭이를 휘두르는 이안의 손짓이 점점 더 빨라진다.

타워에 더 가까워지기 전에 최대한 많은 마력석을 확보하기 위해서였다.

'자, 이제 마지막 하나!'

꿈틀이를 타고 요새까지 오는 동안, 이안은 이미 마흔두 개 이상의 충분한 마력석을 확보하였다.

제련 가능한 파편까지 합한다면 이미 육십 개가 넘는 마력석을 확보한 상황.

하지만 이안의 집착은 상식선상에서 이해할 수 있는 수준이 아니었다.

'일단 한 개라도 더 캐고 나서 생각한다. 내일도, 모레도. 분명 마력석이 필요한 신규 유저들은 계속 생길 테니 말이야.'

오늘의 퀘스트뿐만 아니라 계속해서 이어질 퀘스트에 부려먹을 노동력까지 생각하는 이안의 치밀함!

그리고 한 개의 마력석을 추가로 채굴한 순간……

-채굴에 성공하였습니다.

-'차원의 마력석' 아이템을 획득하였습니다.

"훗- 차!"

꿈틀이의 등짝을 박차고 튀어 오른 이안은 자신을 따라오던 핀의 등에 가볍게 안착하였다.

그리고 이어서, 가지고 있던 마력석 파편 중 하나를 전방을 향해 힘껏 투척하였다.

"꿈틀이, 요새를 향해 달려!"

무식하게 생긴 외모에 걸맞게 정말 본능적으로 움직이는 꿈틀이의 AI.

캬아아오-!

꿈틀이는 이안이 던진 마력석 파편을 받아먹기 위해 전방을 향해 날아들었고, 덕분에 사정거리를 확보한 요새의 타워들은, 일제히 포격을 시작하였다.

콰쾅- 콰콰쾅-!

퍼퍼펑-!

그리고 핀의 위에서 그 모습을 지켜보던 이안은 떠오를 시스템 메시지를 기다렸다.

'과연……! 대미지가 얼마나 들어가려나?'

요새에 못 보던 타워가 생긴 것으로 보아 이안이 주문해 두었던 뇌전 포탑은 완성된 것이 분명했다.

때문에 쏟아지는 폭격의 결과물이 더욱 기대될 수밖에 없었다.

-'마력의 포탑A'가 에픽 몬스터 '마력의 아이언 스웜'에게 치명적인 피해를 입혔습니다!

-'마력의 아이언 스웜'의 생명력이 1,525만큼 감소합니다!

-'마력의 포탑C'가 에픽몬스터 '마력의 아이언 스웜'에게 치명적인 피해를 입혔습니다!

-'마력의 아이언 스웜'의 생명력이 1,372만큼 감소합니다!

-'마력의 전류 타워'가 에픽몬스터 '마력의 아이언 스웜'에게 치명적인 피해를 입혔습니다!

-'마력의 아이언 스웜'의 생명력이…….

……중략……

역시나 예상했던 대로, 포탑들은 아이언 스웜에게 유의미한 피해를 입히기 시작하였다.

이안이 할 수 있는 모든 공격을 퍼부어도 한 자릿수의 피해밖에 입힐 수 없었던 것을 생각하면, 지금 스웜의 생명력이 깎여 나가는 속도는 정말 고무적인 것이었다.

크웨에엑-!

하지만 잠시 후, 이안은 당황할 수밖에 없었다.

'근데 이 미친 몬스터는 생명력 회복 속도가 왜 이 모양이야?'

아이언 스웜의 생명력이 절반 이하로 떨어진 순간, 갑자기 녀석의 생명력이 미친 듯이 회복되기 시작했으니 말이다.

마치 누군가 녀석에게 회복 마법이라도 걸어 주는 것처럼, 눈에 보일 정도로 게이지 바가 차오른 것이다.

'미친……! 내가 너무 무리한 모험을 감행한 건가?'

50퍼센트 정도를 채운 수준에서, 아래위로 엎치락뒤치락하는 아이언 스웜의 생명력 게이지.

그 모습을 보며, 이안은 아랫입술을 잘근잘근 깨물었다.

'으, 역시 이 녀석은 잡지 말라고 만들어 놓은 몬스터였나?'

사실 지금의 상황은 완전히 이안의 예상 밖에 있던 전개는 아니었다.

아이언 스웜은 애초에 이벤트성 몬스터였고, 처치가 불가능한 콘셉트로 만들어진 녀석 같았으니 말이었다.

때문에 이안은, 이런 상황에서 생각해 뒀던 플랜도 가지고 있었다.

'어쩔 수 없어. 조금만 더 지켜보다가 녀석을 다시 유인해서 숲속으로 들어가야지.'

적잖이 아쉬운 표정이 된 이안은 핀을 타고 슬슬 녀석을 향해 접근하였다.

괜히 녀석이 외벽을 부수기라도 하면, 손해가 이만저만이 아니었으니 말이다.

"처치가 가능했으면 더 재밌었겠지만 어쩔 수 없지, 뭐."

입맛을 다시며, 녀석을 유인하기 위한 마력석 파편을 인벤토리에서 꺼내 드는 이안.

하지만 녀석을 향해 파편을 던지려던 그때.

"……!"

이안은 들어 올린 손을 다시 내릴 수밖에 없었다.

요새를 향해 달려드는 녀석의 머리 위로 어마어마한 양의 먹구름이 생성되기 시작했기 때문이었다.

'저게 뭐지? 설마 뇌전 포탑이 저렇게 작동되는 건가?'

요새가 조금 부서지더라도 새로 지은 타워의 성능은 확인해 보고 싶었던 이안.

그리고 잠시 후.

하늘 가득 낀 먹구름에서 번개와 함께 비가 내리기 시작하였다.

콰르릉– 콰콰쾅–!

아이언 스웜은 거대하다.

그 크기만 따지자면, 어지간한 보스 몬스터 두셋은 합쳐 놓은 듯한 느낌이 들 정도로 거대했다.

이안이 지금까지 보아 온 몬스터들 중에 비슷한 크기를 가진 녀석을 떠올리자면, 과거 마계에서 만났던 베히모스 정도.

때문에 녀석은 뇌전 포탑이 뿌리는 번개들을 온몸으로 받아 내다시피 하고 있었다.

그리고 그 결과, 이안과 훈이의 눈에는 수많은 시스템 메시지들이 미친 듯이 흘러내리기 시작하였다.

-'차원의 뇌전 포탑'이 에픽몬스터 '마력의 아이언 스웜'에게 치명적인 피해를 입혔습니다!

-'마력의 아이언 스웜'의 생명력이 2,052만큼 감소합니다!

-'차원의 뇌전 포탑'이 에픽 몬스터 '마력의 아이언 스웜'에게 치명적인 피해를 입혔습니다!

-'마력의 아이언 스웜'의 생명력이 2,321만큼 감소합니다!

-'마력의 아이언 스웜'이 '마비' 상태에 빠졌습니다.

-'마력의 아이언 스웜'의 움직임이 50퍼센트만큼 느려집니다.

-'마력의 아이언 스웜'의 번개 저항이 35퍼센트만큼 감소합니다.

-'마력의 아이언 스웜'의 생명력이 3,075만큼 감소합니다!

-'마력의 아이언 스웜'의 생명력이 3,211만큼 감소합니다!

……후략……

마치 먹구름을 타고 내리는 뇌우雷雨처럼, 정신없이 쏟아지며 눈앞을 가득 메우는 시스템 메시지들.

그리고 이 메시지들을 확인하는 이안과 훈이는 동시에 같은 생각을 떠올리고 있었다.

'이거, 단순한 광역 타워가 아니었어!'

일반적인 광역 타입의 공격은, 몸집이 크다고 해서 더 많은 피해를 입히지 않는다.

보통의 광역 공격은, 범위 안에 들어온 모든 대상에게 균일한 피해를 입히니 말이다.

하지만 지금 꿈틀이를 아작 내고 있는 이 뇌전 포탑은 '광역 공격'이라는 개념 자체를 완전히 달리하였다.

범위 내의 적에게 균일한 피해를 입히는 것이 아니라, 떨어지는 번개 하나하나가 개별적으로 피해를 입히고 있었으니 말이었다.

'크으! 일부러 유일 등급 중에 제일 만들이 어려워 보이는 걸 주문했는데……. 역시 숨겨진 한 방이 있는 타워였어!'

사실 길드원에게 유일 등급의 타워를 의뢰(?)할 때, 이안은 적잖은 고민을 했었다.

건설 가능한 유일 등급의 타워들 중 뇌전 포탑보다 좋아 보이는 것이 너무 많았기 때문이었다.

특히 수치상으로 보이는 공격력의 경우 뇌전 타워의 세 배가 넘는 위력을 가진 타워도 있었으니, 이안의 입장에서는 고민할 수밖에 없었던 것.

하지만 최종적으로 이안이 이 뇌전 포탑을 선택한 데에는, 결정적인 이유가 하나 있었다.

'이 타워는 길드원이 다 있을 때가 아니면 도저히 만들 수 없어 보였으니까……'

다른 타워들에 비해 압도적으로 긴 제작 시간 때문에 이안은 이 타워를 선택했던 것이었다.

그리고 그런 이안의 선택은, 결국 성공적이라 할 수 있었다.

지직— 지지직—!

어마어마한 양의 전류가 쏟아져 내리면서, 처치를 포기해야 할 것처럼 보였던 꿈틀이가 번갯불에 튀겨지고 있었으니 말이었다.

—'마력의 아이언 스웜'의 생명력이 3,425만큼 감소합니다!

—'마력의 아이언 스웜'의 생명력이 3,199만큼 감소합니다!

……후략……

그야말로 불판에 올려놓은 아이스크림처럼, 미친 듯이 깎여 나가는 꿈틀이의 생명력 게이지.

"크으으으! 조금만, 조금만 더!"

신이 난 이안은 핀의 등에 올라탄 채 두 주먹을 불끈 쥐고 있었고, 요새 안에서 그 광경을 지켜보던 길드원은 그저 멍한 표정이었다.

아직까지도 이게 어떻게 된 상황인지 파악이 불가능하였으니, 그들로서는 당황할 수밖에 없는 것이다.

심지어 훈이조차도, 이안이 타고 온 저 괴상한 꿈틀이의 정체를 알 수 있는 방법이 없었다.

"저 형은 마력석을 캐 온다더니 웬 에픽 몬스터를 끌고 온 거야?"

"그러니까…… 뇌전 포탑 아니었으면 진짜 망할 뻔했잖아."

"휘유, 가끔 보면 이안 님은 진짜 무모한 면이 있어요."

"뭐, 아무렴 어때. 어쨌든 에픽 몬스터는 잡은 것 같고, 이제 이안이가 마력석을 충. 분. 히. 가져왔는지나 확인해 봐야겠어."

어찌 되었든 요새 안에 있는 길드원은, 꿈틀이의 생명력이 전부 소진될 때까지 열심히 망치질을 하였다.

녀석의 몸통박치기는 위력이 제법 대단해서, 그냥 두었다가는 외벽이 너무 많이 무너질 것 같았으니 말이었다.

이안에게 궁금한 것들은 한두 가지가 아니었지만, 이 녀석만 처치하고 나면 물어볼 수 있을 터.

깡- 깡- 깡-!

그리고 잠시 후.

온몸을 뒤틀며 난동을 부리던 꿈틀이의 거구가, 쏟아져 내리는 뇌우 앞에 드디어 항복을 선언하였다.

띠링-!

-'차원의 뇌전 포탑'이 에픽 몬스터 '마력의 아이언 스웜'에게 치명적인 피해를 입혔습니다!

-'마력의 아이언 스웜'의 생명력이 3,425만큼 감소합니다!

-'마력의 아이언 스웜'의 생명력이 전부 소진되었습니다!

-에픽 몬스터, '마력의 아이언 스웜'을 성공적으로 처치하였습니다!

-기여도에 비례하여, 공헌도가 850만큼 증가합니다.

-'마력의 응집체' 아이템을 획득하셨습니다!

-'차원의 마력석×275' 아이템을 획득하셨습니다!

-'차원의 마력석 파편×1,098' 아이템을 획득하셨습니다!

……중략……

이어서 눈앞에 떠오르는 메시지들을 확인한 이안은, 황홀한 표정이 될 수밖에 없었다.

다른 것들은 다 떠나서 획득한 공헌도의 양이 말도 안 되는 수준이었으니 말이다.

'됐어! 이 정도면 거의 잭팟이야!'

당연하게도, 대량의 공헌도만이 이 잭팟의 전부는 아니었다.

주르륵 떠오른 메시지의 마지막 부분에는 이안의 기대감을 증폭시킬 만한 내용이 담겨 있었으니 말이다.

-'빛나는 차원의 마력석' 아이템을 획득하셨습니다!

-'신비한 마력의 결정체' 아이템을 획득하셨습니다!

-'아이언 스웜의 심장' 아이템을 획득하셨습니다!

그리고 마지막의 모든 메시지까지 확인한 이안은 어느새 양쪽 입꼬리가 귀에 걸려 있었다.

카일란에서 유저가 몬스터를 처치하였을 때 몬스터가 아이템을 드롭하는 방식은 크게 두 가지이다.

첫째로, 몬스터가 사망하는 즉시 킬에 관여한 유저의 인벤토리에 아이템이 지급되는 방식과.

둘째로, 몬스터가 사망한 자리에 말 그대로 '드롭'하는 방식이다.

때문에 처치된 아이언 스웜이 드롭한 모든 아이템들을, 훈이와 이안이 공유하는 것은 아니었다.

'마력의 응집체'를 비롯한 몇몇 아이템의 경우 훈이와 이안의 인벤토리에 한 개씩 생성되었지만.

마력석과 결정체 등의 광물류 아이템들은 이안이 싹 쓸어 담은 것이다.

아이언 스웜이 쓰러진 그 자리에 광물들이 그대로 드롭되었으니, 현장에 있던 이안이 전부 수거하게 된 것.

이안은 빵빵해진 인벤토리를 응시하며 자기 합리화를 시전하였다.

'아이언 스웜 잡는 데 들인 노력에, 내 지분이 90퍼센트는

되는 것 같으니…… 이 정도는 꿀꺽해도 괜찮겠지, 흐흐흣.'

심지어 성벽을 수리하기에 바빴던 로터스의 길드원은, 아이언 스웜이 드룹한 광물들을 이안이 주워 담는 것조차 발견하지 못하였다.

그 때문에 요새 안으로 들어오는 이안을 향해, 이런 어처구니없는(?) 으름장을 놓을 수 있었다.

"이안 님, 봤죠? 우리 뇌전 포탑 완성해 놓은 거요. 이제 얼른 마력석 여섯 개씩 내놓으시죠."

"흐흐, 이안 형. 이거 마력석 채굴하다가 몬스터한테 쫓겨서 도망 온 각인데……."

"맞아. 광산에서 지네같이 생긴 에픽 몬스터가 가끔 등장한다는 얘길 들은 적 있어."

"그러고 보니…… 방금 우리가 잡은 지네가 그 지네 맞는 것 같네."

왁자지껄 떠들며, 이안을 반겨 주는 로터스의 어린 양들.

하지만 그들의 장난스러운 표정이 경직되는 데까지는, 그리 오랜 시간이 걸리지 않았다.

너무도 자신만만한 표정을 한 이안이 씨익 웃으며 입을 열었으니까.

"자, 다들 모이시죠. 지금부터 마력석 분배를 시작하겠습니다."

그리고 그 말이 떨어지자마자, 시끄럽던 장내는 순식간에 조용해졌다.

마력석을 분배하겠다는 말은, 이안이 광물을 전부 구해 왔다는 말과 같았으니 말이다.

"정말…… 마력석 마흔두 개를 다 채굴해 왔다고?"

"말도 안 돼……! 2시간 만에 일곱 명분 퀘스트 템을 다 구해 왔다는 거야?"

당황한 표정으로 동시에 이안을 향해 반문하는, 헤르스와 레미르.

이러한 상황을 예상하고 있었던 훈이만이, 평온하기 그지없는 표정으로 관전하고 있었다.

'보나 마나 먼저 마력석 여섯 개씩 분배하고…… 남은 마력석들을 가지고 추가 노동계약을 체결하겠지.'

이미 한번 당해 봐서인지 이안의 계획을 줄줄이 꿰고 있는 훈이!

'어디 보자, 오늘 포털이 닫히기까지 남은 시간이 여섯 시간쯤 되니까…… 한 시간당 마력석 한 개씩, 추가로 노동계약이 체결되려나?'

훈이는 고개를 절레절레 저으며, 요새의 망루 위쪽으로 걸어 올라갔다.

불쌍한 길드원이 뻔하기 그지없는 계약을 체결하는 동안, 새로운 에픽 몬스터라도 나타나지는 않는지 망을 보기 위해서였다.

그리고 망루 위에 올라간 훈이의 입에서는, 저도 모르게 감탄사가 터져 나왔다.

"크으......!"

에픽 몬스터는 추가로 나타나지 않았지만, 수많은 차원의 망령들이 요새에 다가오지도 못한 채 녹아내리고 있었기 때문이다.

특히 새로 지은 뇌전 포탑의 성능은, 그야말로 어마어마한 것이었다.

지직, 지지지직!

하늘에서 쉴 새 없이 떨어지는 뇌전과 전기구이가 되어 녹아내리는 수많은 차원의 악령들!

-'포악한 차원 불곰'의 생명력이 1275만큼 감소합니다!

-'포악한 차원 불곰'을 성공적으로 처치하셨습니다!

-처치 기여도 : 50퍼센트

-기여도에 비례하여, 공헌도가 0.17만큼 증가합니다.

-'차원의 악령'을 성공적으로 처치하셨습니다!

-처치 기여도 : 50퍼센트

-기여도에 비례하여, 공헌도가 0.21만큼 증가합니다.

......후략......

훈이는 시스템 창에 차곡차곡 쌓여 가는 공헌도들을 확인하고는, 흐뭇하기 그지없는 표정이 되었다.

일반 몬스터의 경우, 소수점 단위의 티끌 같은 공헌도를 줄 뿐이긴 하지만.

그것도 쌓이고 쌓이다 보면 충분히 유의미한 공헌도가 되어 모이게 되니 말이다.

"후후, 이거 히든 퀘스트치고 난이도가 너무 쉽잖아? 이대로 가다간, 오늘 포탈이 닫히기 전까지 공헌도 3천은 쌓아 버리겠어."

3천이라는 공헌도는, 사실 어마어마한 수치이다.

이안이 그토록 고생했던 전투병에서 정예병으로 진급하는 구간이, 정확히 3천의 공헌도를 필요로 하였으니 말이다.

물론 정예병에서 다시 용사로 진급하려면 10만이라는 어마어마한 수준의 공헌도가 추가로 필요하지만, 훈이는 그것이 하나도 걱정되지 않았다.

이 요새 연계 퀘스트가 언제까지 이어질지는 모르지만, 날이 지날수록 더욱더 강력한 에픽 몬스터를 상대하게 될 것이고, 강력한만큼 더 많은 공헌도를 드롭할 게 분명했으니 말이다.

'오늘내일 중으로 공헌도 총합 1만은 뚫을 각이고……'

훈이는 실실 웃으며 행복한 상상을 하기 시작하였다.

'이대로 이안형 옆에만 붙어 있으면, 용사 계급 첫 번째 진급자는 내가 될 수도 있겠어……!'

과연 그렇게 될지는, 두고 봐야 알 일이었지만.

적어도 지금 훈이의 표정은, 세상을 다 가진 기분이었다.

어쨌든 아직까지도 공헌도 랭킹 1위는 훈이의 것이었고, 그것은 무려 '세계 랭킹'이었으니 말이다.

"휘유, 오늘 저녁은 이거면 충분히 해결하겠지?"

뭘 그렇게 잔뜩 구매한 것인지, 양손에 빵빵한 비닐봉지를 든 하린.

동네 마트에서 장을 봐 온 하린은, 콧노래를 흥얼거리며 집으로 귀가하고 있었다.

'진성이는 아직도 캡슐에서 안 나왔겠지? 아침에 보니까 무슨 요새 증축 퀘스트 하는 것 같던데…….'

하린은 최근 기분이 좋았다.

그동안 길드 파티에서 열심히 레벨을 올린 덕에, 이제 곧 용사의 마을에 입성할 수 있게 되었기 때문이다.

지금 하린의 레벨은, 무려 430대 초반.

더해서 초월 레벨도 두 개만 더 올리면 10레벨을 달성하게 되니, 이제 정말 용사의 마을 입성이 코앞으로 다가온 것이다.

'12시 땡 하면 바로 저녁 식사 하고, 동네 공원이라도 끌고 가서 산책이라도 시켜야겠어. 요즘 진성이 배가 좀 나온 것 같던데……. 게임 실력을 유지하려면 몸 관리도 필수지.'

저녁 식사 시간치고는 뭔가 많이 이상한(?) 시간대를 계획한 하린은, 콧노래를 흥얼거리며 엘리베이터에 올라탔다.

요즘 그녀는, 진성의 매니저 같은 역할을 수행하는 중이었다.

위이잉.

익숙한 와이어 소리와 함께, 금방 25층까지 올라가는 엘리베이터.

띵동!

알림 음과 함께 엘리베이터의 문이 열리자, 하린은 종종걸음으로 복도를 향해 걸어 나갔다.

그런데 잠시 후.

"......?"

복도에서 누군가와 마주친 하린은, 큰 눈을 꿈뻑거리며 자리에 멈춰 섰다.

한 층에 두 가구밖에 없는 아파트였기에 이웃이 누구인지 뻔히 알고 있었는데.

처음 보는 남자가 옆집 문을 열고 나타났기 때문이다.

게다가 남자의 외모는, 진한 이목구비를 가진 서양인의 그 것이었다.

심지어 하린과 눈을 마주치자마자, 무척이나 반갑게 인사하는 외국인!

"앗, 안녕하세욥!"

제법 유창한 한국말에, 하린은 떨떠름한 표정으로 대답하였다.

　"아, 안녕하세요……? 혹시, 이 집에 이사 오시는 건가요?"

　"넵. 내일부터 이삿짐 들어올 거예요. 잘 부탁드려요!"

　"그……러시구나……. 어쨌든 반가워요. 앞으로 잘 지내봐요!"

　하린이 스스럼없이 인사하자, 의문의 외국인은 더욱 환한 표정이 되었다.

　인사를 마친 하린은, 고개를 갸우뚱하며 다시 걸음을 옮기기 시작하였다.

　"옆집 아주머니 이사 갈 생각 없어 보였는데……. 갑자기 왜 이사를 가신거지?"

　그런데 하린이 문을 열고 집에 들어가기 전.

　외국인이 다급히 그녀를 향해 입을 열었다.

　"아, 혹시, 제가 부탁 하나만 드려도 될까요?"

　"부탁요?"

　"옙."

　"말씀해 보세요. 들어나 보죠, 뭐."

　이어서 잠시 뜸을 들인 남자는, 한 마디 한 마디 또박또박 입을 열었다.

　"그, 이안갓한테 말 하나만 전해 주세요."

"……?"

"게임 친구 '마크 올리버'가 옆집에 이사 왔다구욥."

충실한 로터스의 신하들(?)과의 교섭을, 성공리에 마무리한 국왕 이안.

한결 가벼운 마음이 된 이안은, 기분 좋은 표정으로 핀의 등 위에 올라 이동하고 있었다.

"후후, 포털이 닫히기까지 앞으로 5시간도 넘게 남았으니 그때까지 공장 풀가동하면 유일 등급 타워 서너 개는 더 완성할 수 있겠어."

이안은 훈이의 예상과 거의 비슷한 계약 조건을 길드원에게 내걸었다.

훈이가 예상했던 것과 조금 다른 부분이 있다면, 노동시간이 길어질수록 점점 더 많은 광물을 지급하도록 옵션을 달아놓은 것.

오래 일할수록 높은 효율이 나도록 설계하여, 일곱 명 중 단 한 명도 자정까지 이탈할 수 없게 만들어 버린 것이다.

"크으, 이제 오늘 퀘스트는 클리어한 거나 다름없고."

낮은 목소리로 중얼거린 이안은, 인벤토리에서 무언가를 하나 꺼내 들었다.

그것은, 이안이 두 손으로 받쳐 들어야 할 정도로 커다란 크기를 가진 '쇳덩이'였다.

"티버가 이 녀석의 비밀만 풀어 줄 수 있으면 좋을 것 같은데……."

투박하고 무식하게 생긴 커다란 은빛 쇳덩이.

그런데 특이한 것은, 쇳덩이의 주변으로 은은한 푸른 기운이 넘실거린다는 것이었다.

'아이언 스웜'의 심장

등급 : 영웅 (초월)　　　　　**분류 : 잡화**

차원의 숲에 서식하는 에픽 몬스터, '아이언 스웜'의 심장이다.
오랜 시간 마력석을 먹고 자란 아이언 스웜의 심장은, 강력한 차원의 힘을 품고 있다.
봉인된 아이템입니다.
(제련에 성공하면, 아이템의 봉인이 해제됩니다.)
유저 '이안'에게 귀속된 아이템입니다.
다른 유저에게 양도하거나 팔 수 없으며 캐릭터가 죽더라도 드롭되지 않습니다.

아이언 스웜을 처치하고 얻은 아이템들 중, 이안조차도 처음 보는 종류의 아이템은 두 가지였다.

지금 이안이 손에 들고 있는 '아이언 스웜의 심장' 아이템과, 인벤토리 한편에 잘 보관되어 있는 '신비한 마력의 결정체' 아이템.

그리고 그중 '신비한 마력의 결정체'는, 정보 창을 읽은 것만으로도 어디에 쓰는 물건인지 어렵지 않게 파악할 수 있었다.

에픽 몬스터를 처치할 때마다 나오는 '마력의 응집체'와 마찬가지로, 상위 등급의 타워를 제작할 때 필요한 재료였으니 말이다.

아직 어떤 타워를 짓는 데에 필요한 건지는 알 수 없었지만, 그것이야 시간이 지난다면 자연스레 알게 될 터.

하지만 이 '아이언 스월의 심장'은, 정보 창을 꼼꼼히 읽었음에도 불구하고 정확히 어떻게 쓰이는 아이템인지 알 수 없었다.

그저 강력한 '차원의 힘을 품고 있다.'라는 사실 외에는, 아무런 정보도 알 수 없었으니 말이었다.

'대체 이건 어디에 써야 하는 물건일까? 이것도 타워 건설에 쓰이는 물건이려나……?'

물론 이안 역시 그동안 광물 제련은 수없이 해 봤기 때문에, 굳이 티버에게 가지 않더라도 직접 이 녀석을 제련할 수 있었다.

하지만 이안이 굳이 이렇게 티버에게까지 찾아가는 이유는, 아이템 정보 창에 떡하니 명시되어 있는 '등급' 때문이었다.

무려 '영웅(초월)'이라는 듣도 보도 못한 등급을 가진 아이템이었으니, 섣불리 제련을 시도하다가 망치기라도 한다면 두고두고 후회할 것 같았으니 말이다.

그리고 이안이 이런저런 생각을 하는 사이 그를 태운 핀은 어느새 요새의 본진에 도착하였다.

to be continued

200평 초대형 24시 만화방

- 수면실 (침대식)
- 사우나석
- 다인석
- 샤워실
- 세탁기
- 신간100%

📖 수원 인계동점

- 나혜석거리
- 농협
- CGV
- 수원시청역 ⑧
- 무비 사거리
- 소주한잔 건물 24시 만화방 3F
- 홍콩반점
- 홈플러스

TEL : 031-226-3771
수원시 팔달구 인계동 1041-11 3층 24시 만화방

📖 의정부점

- 의정부역 ④ ⑤
- 흥선지하도
- ◀서울방향
- 진성약국
- 던킨도넛츠
- 24시 만화방 3F

TEL : 031-856-3971
경기도 의정부시 의정부동 197-13 3층

📖 주안점

- 주안 남부역
- ◀제물포
- 민병철 어학원
- 간석동▶
- 25시 만화방 6F

TEL : 032-426-2871
인천광역시 주안남부역 지하상가 4번 출구 GS25시 건물 6층

📖 안양점

- 안양역
- 육교
- ◀관악역
- 명학역▶
- 농협
- 24시 만화방 2F
- 안양일번가

TEL : 031-466-3771
경기도 안양시 안양동 674-163 죠이당구장건물 2층

ROK MEDIA
로크미디어

수어재 대체역사 소설

ROK HISTORY FANTASY

수색 조선

꼴통들이 회귀하면 뭔가 다르다!
현대로 돌아가는 김에 세계 정복까지?
『수색 조선』

뜬금없는 오행진의 발동에 휘말려
조선 시대에 떨어진 수색대
현대로 돌아가려고 발품을 팔아 보니
21년 뒤에나 가능하다는데?

"기다린다.
기다려서, 우릴 이렇게 만든 놈들을 조저 버린다!"

주술사가 태어나기까지 앞으로 21년,
조선에 대변혁의 바람이 몰아친다!

너의 미래가 보여

ROK MODERN FANTASY STORY

정성민 현대 판타지 장편소설

비글 같은 걸 그룹부터 할리우드 연기자까지
금 손 매니저의 전설이 시작된다!

우정만 믿고 매니지먼트사에 투자를 한 강현우!
투자한 회사는 문 닫기 직전에,
교통사고 후유증으로는 이상한 게 보이는데……

알고 보니, 그것은…… **연예계의 미래!**

미래가 보이는 능력으로
망해 가는 회사를 살리고자 매니저가 되다!

언론 플레이는 기본!
꼼수가 판치는 치열한 연예계에서 살아남아
최고의 연예 기획사를 만들어라!

한산이가 현대 판타지 장편소설
ROK MODERN FANTASY STORY

**플레밍, 슈바이처, 히포크라테스
그들보다 위대한 의사가 될 수 있다!**

머리가 좋다. 공부도 좋아한다. 하지만……
메스만 쥐면 머릿속이 하얘지는 새가슴 레지던트 태석
올해도 안 되면 외과의 꿈은 포기해야 하는 신세
그런 그의 앞에 나타난 낯선 사내!

"자네는 탑을 오를 자격이 있어. 도전해 보게."
"대가는 없네. 기억을 잃는 정도?"

-보상으로 '침착 Lv. 1'이 주어집니다.

**게임 스킬과 노력광이 만나
상상 속 모든 의술을 행하다!**